CW01151776

COLLECTION FOLIO

Philippe Delerm

Un été
pour mémoire

Gallimard

© *Éditions du Rocher*, 2000.

Philippe Delerm est né le 27 novembre 1950 à Auvers-sur-Oise. Ses parents étaient instituteurs et il a passé son enfance dans des « maisons d'école » à Auvers, à Louveciennes, à Saint-Germain.

Après des études de lettres, il enseigne en Normandie où il vit depuis 1975. Il a reçu le prix Alain-Fournier 1990 pour *Autumn* (Folio n° 3166), le prix Grandgousier 1997 pour *La première gorgée de bière et autres plaisirs minuscules*, le prix des Libraires 1997 et le prix national des Bibliothécaires 1997 pour *Sundborn ou les jours de lumière* (Folio n° 3041).

Discerner le murmure des mémoires, le murmure de l'herbe, le murmure des gonds, le murmure des morts. Il s'agit de devenir silencieux pour que le silence nous livre ses mélodies, douleur pour que les douleurs se glissent jusqu'à nous, attente pour que l'attente fasse enfin jouer ses ressorts. Écrire, c'est savoir dérober des secrets.

LÉON-PAUL FARGUE.

I

Il m'a fallu changer, couper de sucre et d'eau le pur alcool du bonheur d'enfance, oublier le désir des glaces à l'eau. C'était bon, les bâtonnets citron, orange, trente-cinq centimes, il faisait chaud. Il y avait au même prix des esquimaux qui ne me disaient rien : chocolat croquant, laiteux, qui fait la main poisseuse, découvre en s'entrouvrant l'univers atonal d'un plaisir pour les vieux, vanille, chocolat, praliné, bonheur méticuleux, raffiné, pâle. Plus tard je les supporterais, et l'insipide sophistication de ces glaces plombières, où les fruits translucides, prisonniers de la banquise mièvre de vanille, emmènent les désirs compliqués, les soifs adultes. Plus tard j'aurais du goût, assez le sens des convenances pour ne pas être heureux.

Mais le soleil orange à l'eau, mais le citron amer à peine, blanc profond près du bâton en bas, en haut transparence lumière. L'avenir c'est avant, quand les mots glaces à l'eau chantent le citron amer à peine, blanc profond près du bâton en bas, en haut transparente lumière. L'avenir c'est avant, quand les mots glaces à l'eau chantent le citron pur et s'en souviennent, quand il fait soif sur le désir d'été...

II

Je me souviens... On descendait vers le Midi par des routes brûlantes, l'Aronde sentait fort l'essence et j'avais mal au cœur. On déjeunait à mi-chemin : le Restaurant des Familles, à Razès, nous servait pour cinq francs des menus pantagruéliques... Et quand mon père avait sommeil, il fallait lui chanter : « Passant par Paris, vidant ma bouteille... »

Je voyage aujourd'hui par des nuits d'autoroute aux grands soleils phosphorescents. J'aime les tons lunaires des stations-relais, le café du percolateur automatique, et la fraîcheur soudaine de la nuit contre le bruit, cette magie de traverser sans voir, de voyager sur une absence.

En passant à Orléans — mais on ne passe plus, on invente des villes en forme de panneau « Orléans nord, six kilomètres » — j'ai coupé la radio ; j'avais besoin de large, et de vide, et de nuit, de retrouver cette musique un peu légère des chagrins d'enfance, et des images au bord de mon chagrin. Tout haut j'ai dit : « Grand-mère est morte à Labastide. » J'aurais voulu que ces mots-là réveillent un peu de terre blonde, l'odeur des prunes écrasées sous le passage des charrettes, tout le coteau de Labastide, et dans le frais d'un chemin creux, une silhouette légère. Mais tout de suite j'ai pensé : « Le dernier maillon qui se défait », et le coteau s'est évanoui.

On se ménage quelquefois, dans le désert abstrait d'une nuit d'autoroute, une de ces grandiloquentes mises au point, regard de haut sur le destin... Près de cent kilomètres encore avant le péage de Tours, et le regard d'en haut donne un peu le vertige. Morts mes parents sur une route des Ardennes, il y a dix ans. Et morts bien avant eux mes grands-parents de Gandalou — le côté de mon père — et puis grand-père Labastide l'an dernier. La litanie se moque bien des kilomètres, elle chante bien trop vrai ; grand-mère Labastide était comme un dernier regard du temps de mon enfance, et je descends vers elle au fond de la nuit chaude de juillet.

Cafétéria dix kilomètres. Je vais m'arrêter. Dix kilomètres, six minutes... Pourquoi cette vitesse-là ? Le rythme de la nuit, je ne l'invente pas, ces pôles de lumière sur le tableau de bord — bleu vif, orange pâle — le ciel de nuit apprivoisé, ce silence capitonné de solitude. Si tout se passe bien, je serai à Bordeaux à trois heures du matin. Si tout se passe... J'aime ce temps-là qui ne fait que passer, que je peux faire semblant de maîtriser, quand tant de choses me dépassent, me ramènent malgré moi sur des chemins d'hier que j'avais refermés.

Je me suis arrêté sur le parking de la station-relais, entre deux caravanes. L'autoroute, la nuit. Ces cathédrales de lumière et de peu de paroles où l'on vous donne de l'essence et du café. Il y a le bruit tout près, mais des cavaliers noirs dorment couchés sur leur moto. Des étrangers, blafards sous le néon, cherchent de la monnaie, fiévreux, devant les appareils automatiques. J'appuie sur les touches glacées : expresso-supplément sucre. Le café n'est pas si mauvais ; j'aime tous les cafés, c'est l'idée — temps arrêté, chaleur — qui compte, et pas le goût. Je me sens presque bien, dans cette nuit abstraite qui va vers le Midi, qui me conduit du présent vague de Paris à ce passé mal étouffé que l'aube ne dessine pas encore.

Je ne devais pas descendre à Labastide cette année. Mon livre m'attendait, il fallait le finir pour la rentrée ; et puis je m'inventais ce

Paris de l'été, les squares ouverts avec les soirs qui se prolongent, des soirs de nonchalance et des matins studieux, le bleu marin de l'encre et léger le ciel bleu. Déjà d'autres couleurs, d'autres étés me prennent un peu plus fort...

Chaleur... Temps arrêté... C'est l'amertume du café sur le début d'après-midi, le grand soleil en creux des maisons fraîches, et je revois... Les routes de l'été, si blanches de soleil. La pédale qui grince, et cette côte de Saint-Paul n'en finit pas, le délicieux virage à l'ombre du bois sec, plus loin la route tremble et fond. C'est l'heure de la sieste, il fait si chaud sur mes étés d'enfance à petits coups de pédale envolés vers les fontaines de Saint-Paul. Odeurs mêlées de cambouis, de goudron, rêves croisés de filles et Tour de France...

Demain, j'arriverai dans la maison de brique rose et de silence. Dehors, il y aura l'odeur du magnolia. Dans la salle à manger Rouget de Lisle chantera devant le maire de Strasbourg, au-dessus de la cheminée. Mais la douceur des tabliers pastel, la voix chantante un peu voilée, mais ce regard humide et bleu posé si lentement sur moi... Sous l'ombre et quel soleil, dans quel jardin perdu à peine évanouis, dans quel chemin d'enfance au vent d'été... Je veux encore un peu de nuit, un peu d'autoroute glacée, un peu de café chaud — sans le sentir glisser vers les vacances d'autrefois, ma peine d'Aquitaine, et dans le frais d'un chemin creux grand-mère en tablier.

Je suis reparti vers Bordeaux, presque content de me savoir encore si loin de Labastide, lumière rassurante du tableau de bord, orage avant Châtellerault, ronron des essuie-glaces, et puis la pluie s'arrête, vitre à demi ouverte, bruissement des pneus sur l'asphalte mouillé. Je suis dans le présent de cette nuit, dans les lumières et dans les bruits légers de l'autoroute presque déserte. Je suis dans le présent, mais je me laisse aller ; la nuit est faite aussi d'un vide calme et envoûtant qui recueille le temps — je me laisse aller doucement vers le Midi, vers la mémoire.

Demain j'arriverai... Grand-mère m'embrassait à m'étouffer. Dans un petit verre cerclé d'or, elle versait l'eau venue du puits, sortait de son placard un flacon bleu profond, avec une étiquette blanche — fleur d'oranger. Dès le flacon ouvert, un bonheur familier s'échappait dans la pièce, un plaisir mesuré à la cuiller, quelques volutes suspendues dans l'eau sucrée du verre. Il n'y avait pas autre chose à boire et ce bonheur unique était le mien, couleur des soifs d'enfance qui s'étanchent...

Demain j'arriverai... Je n'ai pas soif ; pour la première fois je ne veux plus gommer la distance et le temps. Déjà la banlieue de Bordeaux. Sur les panneaux, Agen s'annonce bien trop vite ; après, c'est Labastide, la fin de ce voyage à l'abri d'autrefois. Déjà la nuit s'éclaire, se dilue, à chaque nom de ville dépassée me protège un peu moins des étés de lumière.

III

Il y avait bien le magnolia, Rouget de Lisle, et ce parfum des matins chauds dans la maison, volets fermés. Tante Marie et tante Catherine avaient veillé le corps toute la nuit. Veillé le corps. Les mots suaires froids ne disaient rien de ce sommeil. Dans la lumière blonde oblique des persiennes, grand-mère enfin tranquille dormait sage, ses cheveux doux si blancs relevés en chignon, le corps comme enlevé dans un sourire de lumière. Marie lui avait mis la robe bleue des dimanches d'été, avec ce col en rond de jeune fille. La chambre sentait bon l'eau de Cologne et l'ombre de juillet.

— On l'enterre demain, à Saint-Jean.

Il y a deux cimetières à Labastide. Saint-Jean, là-haut sur le coteau, c'est le vieux jardin gris des âmes d'autrefois. Des petits murs de pierre sèche ; en bas la vallée calme avec ses peupliers, le Canal latéral, frère sage de la Garonne. Et puis cette chapelle presque abandonnée — le nouveau curé ne monte plus que trois fois l'an pour dire la messe. Là-haut, c'est un monde doré de vigne à chasselas, de grand soleil, un monde blanc et gris de pierres réchauffées dans le jardin du cimetière. Grand-mère va dormir dans un jardin, légère en tablier. J'irai la voir souvent dans le petit matin. Je mangerai près d'elle, assis sur le muret, un raisin couvert de rosée — je ne partirai pas avant septembre. Grand-mère aimait la vie, cette vallée, le raisin cueilli dans la vigne et ce jardin.

Tante Marie m'a dit :

— Ton oncle sera là ce soir. Ils n'ont pas voulu lui donner un jour de plus, à l'usine. Ça ne rigole pas, en ce moment. Tes cousins passeront sûrement aussi. Tu sais que Sylvie travaille à la mairie de Montauban ? Je t'ai préparé ta chambre. Tu comptes rester longtemps parmi nous ? Enfin, tu es chez toi, tu le sais bien.

Marie a dit cela très gentiment. « Tu es chez toi. » J'avais toujours été chez moi, dans la maison de Labastide, cela allait sans dire — on l'avait dit, car ce n'était plus vrai.

Tante Marie et tante Catherine avaient beaucoup pleuré — Marie l'aînée, toute mince et menue comme grand-mère, Catherine plus épanouie dans sa cinquantaine célibataire, Catherine la casse-cou, digne fille de grand-mère ; trois mois plus tôt, une chute de bicyclette sur le chemin de halage l'avait précipitée dans le canal...

— Ta pauvre mère n'aura pas vu ça !

Je ne savais trop quoi répondre à Catherine. Les phrases de ces moments-là je les connaissais bien, et cet accent voilé qui les habillait mal de soleil triste.

Ma chambre, en bas, qui donne sur la voie ferrée, c'était la chambre de grand-père. Enfant, je n'y allais presque jamais. Grand-père y entassait — malade plus ou moins imaginaire — des boîtes de « Calmo diger » ; et bien plus que leur nom, un beau foie rouge dessiné en indiquait l'usage. Vides, elles nous servaient de moules à sable et de récipients pour la pêche. Après avoir soigné le foie, elles contenaient des asticots ; j'ai fait souvent le cauchemar de cette alliance.

Lit haut et froid, secrétaire du même bois sombre et charançonné, volets toujours tirés, la pièce était sépulcre. Une petite porte peinte en gris donnait sur le chai mystérieux, où l'on se lavait vite dans le froid — on emportait deux bassines pesantes et bleues : une pour se laver, l'autre pour se rincer. Le chai est devenu salle de bains, grand-père est mort et je suis presque un invité, dans l'ombre du matin qui penche un peu vers autrefois. J'entends le vent de pluie qui souffle de Bordeaux sur les volets fermés. C'est le vent d'Aquitaine ; il souffle chaud sur les maisons de brique rose et les jardins d'un vert profond de Pyrénées. Il pousse au ralenti des nuages barbe à papa effilochés et mous.

Le même vent. Catherine et Marie marchaient à petits pas dans la chambre au-dessus de moi. J'ai dû rester longtemps assis sur le lit haut, sous la paume des mains cette fraîcheur du couvre-lit épais tricoté au crochet. Les pas trotte-menu de Marie réveillaient d'autres pas, d'autres gestes. Grand-mère avait fini ses marches incessantes, et je la revoyais debout mangeant la soupe de midi, côté évier, côté fourneau. À l'autre bout de la longue table, grand-père Labastide s'embrouillait dans quelque histoire de caserne ou de cheval rétif. Grand-mère et son silence... Toujours le même tablier de cotonnade claire à petites fleurs blanches. Toujours ce regard inquiet et docile. Et puis au plus profond une foi comme un roc. Elle se moquait bien de l'école et demandait :

— Combien es-tu, au catéchisme ?

Le repas terminé, elle s'éclipsait vers des besognes minuscules, nous laissant là, dans l'épaisseur des paroles d'après manger. À nous les taches de café, les miettes sur la table et la bouteille d'eau-de-vie ; à elle les chemins d'épine, de poussière, et les oies rassemblées à petits cris.

Depuis le banc de table où je m'ennuie, j'entends sa voix légère et la corne enrouée du jars. La moustache agressive de grand-père retient quelques brins de vermicelle prisonniers. Du vermicelle un peu rougi, car il a fait chabrot, dès la soupe finie ; dans l'assiette du pot-au-feu, le vin doit être tiède. Les hommes parlent vigne, vin. Mon père lance :

— L'otello...

et le cousin Robert approuve :

— Aquel[1] !

Aquel, celui-là c'est du bon, celui-là c'est du vrai, nous n'en dirons pas plus. Et moi qui n'aime pas encore le vin, je m'émerveille de ces mots patois si lourds de connivence et de plaisir.

Grand-mère qui marchait dehors, grand-père qui parlait dedans, l'été ne balancera plus, de nappe blanche en chemin creux. Dans la salle à manger Rouget de Lisle chantera

---

1. « Aquel » : « celui-là », en patois languedocien.

dans le silence — un peu plus d'ombre fermera les volets de l'été.

Depuis mon arrivée dans la maison, le chagrin ne me pesait plus. Peut-être la fatigue du voyage, ou bien un peu d'agacement : Catherine et Marie avaient la peine ostentatoire et la muette perfection protocolaire de ces moments-là. Mais surtout, j'étais bien, dans la maison-navire des vacances close sur hier. Grand-mère reposait là-haut, légère et souriante. C'était le début de l'été. Le soir mes cousins passeraient. Je reverrais Sylvie, que j'aimais trop sans le lui dire et qui devait se marier.

IV

Grand-mère m'avait dit :
— Un garçon de Valence, secrétaire à la mairie. Tu vois, notre Sylvie a bien changé.
Ils sont passés ensemble vers six heures. Le secrétaire André Delmas m'a livré une main franche, un regard assez doux.
— Je ne fais pas encore partie de la famille, mais votre grand-mère était déjà pour moi bien plus que la grand-mère de Sylvie.
Il parlait juste, le presque cousin, avec un accent rocailleux qui venait de Caussade, les gestes ronds dans son complet de pure laine. Sylvie le laissait dire et faire, ennuyée je crois de cette aisance singulière — à l'habitude, elle se faisait précéder d'un peu de gêne délicieuse et de silence intimidant. Je lui en voulais déjà beaucoup de ce paravent volubile. Elle embrassait toujours en coup de vent, avec cet air absent de souveraine pour ailleurs — mais

c'était désormais absence-sur-Delmas, un ailleurs de sous-préfecture.

Ma cousine un peu folle des vacances d'autrefois, les petits déjeuners dans la cuisine silencieuse, tout cela dormait quelque part, la cuisinière bleu canard et mes quinze ans qui ne poussaient pas assez vite, des ronds de café sur la table et Sylvie, dix-sept ans, perdue d'avance pour mes rêves maladroits. Elle avait des tenues très audacieuses pour l'époque, bustier décolleté et noir, jean délavé. Ses cheveux bruns relevés en chignon étiraient un regard de princesse égyptienne. De temps à autre, un jugement sans rémission tombait de ses lèvres un peu pâles :

— J'adore le lait chaud le matin.

Mutisme de nouveau. Et moi tartine suspendue, conquis, un peu inquiet, profane pour toujours.

Elle buvait comme moi dans un bol de grand-mère, festonné de rouge ; mais elle le prenait à deux mains, les coudes sur la table, cheveux dans les yeux — ce geste de la main pour écarter ses cheveux libres de la nuit ! Elle buvait le petit matin chaud, la volupté d'une vie si belle et différente — j'aurais voulu être le lait, couler au secret de sa gorge ; j'aurais voulu être le lait qui lui faisait fermer les yeux, lointaine et refermée dans son plaisir à petits coups.

Ils sont montés voir grand-mère et je les ai suivis. Sylvie avait des chaussures de toile à hauts talons, lacées plus haut que la cheville, les jambes nues déjà bronzées, une robe d'été légère et noire. Le silence de la maison lui allait bien, le blanc des murs, les rais de lumière blonde entre les volets refermés. Elle s'est approchée du grand lit calme, et grand-mère a presque souri.

Singulier tableau : André Delmas, les yeux baissés, gagnait le clan des morfondues, Catherine et Marie. Grand-mère et Sylvie souveraines flottaient ensemble, loin, par-delà l'ombre des volets, complices. Interdit sur le seuil, je me sentais très seul, si loin des morfondus, si loin des souveraines.

Je savais bien, de grand-mère à Sylvie, cette amitié de sentiers buissonniers, d'escapades pour rien, de solitude et de mystère. Parfois je les accompagnais dans leurs maraudes silencieuses, sur le chemin qui gagne le coteau, après la côte du curé, et je les haïssais de ce pouvoir à l'amble, un peu farouche. Je parlais contre leur silence, et les mots sonnaient faux :

— On pourrait peut-être aller vers la Garonne...

Mais elles voulaient toujours les champs déserts et les chemins de chèvre, et je les suivais mal parmi les chardons, les orties, dans cet âpre pays de roc et de poussière où elles se ressemblaient, légères.

Dans le grand lit, grand-mère souriait d'avoir trouvé le mot de passe : au bout de tous les chemins creux, elle dormirait au jardin gris de plein soleil, en haut de la colline.

J'aurais voulu les laisser là toutes les deux, mais l'oncle Paul est arrivé, puis le cousin Michel, et tout le monde s'est mis à parler, à voix blanchie, comme à l'église. Par l'escalier venait l'odeur du pot-au-feu. Nous sommes descendus ; Michel vitupérait le nouveau patron de sa banque, à Montauban. Les femmes s'affairaient dans la cuisine et je me sentais bien, sous le regard humide et chaud de l'oncle Paul, dans ma presque famille pour un soir.

C'est l'heure d'avant le souper. Les phrases de Michel s'égrènent, un peu plus lentes, et puis s'arrêtent. Sylvie a tiré les volets, et personne ne prête attention aux nouvelles télévisées qui ronronnent, faible assaut du dehors. L'oncle Paul s'est levé, a proposé l'apéritif, et je l'ai refusé — bien vrai — comme on refuse aux gens que l'on connaît bien. Les pieds sur le barreau un peu haut de la chaise paillée, il n'est pas jusqu'au rituel de la cigarette qui ne devienne superflu.

Sylvie s'est installée dans le fauteuil, pieds nus, les jambes repliées sous son corps mince et noir. Marie a éteint la télé. On n'entend que la soupe sur le feu. Rouget de Lisle veille. Le maire de Strasbourg, regard absent et noir d'encre de Chine, poursuit son rêve vague, à l'ombre d'une voix perdue.

V

Ce fut un bel enterrement. Tout Labastide dans l'église, et la sœur Marguerite à l'harmonium. Le curé se porta garant d'une vie éternelle pour grand-mère, nous parla de sa foi — pas celle des bigotes — et Mme Dalger effaça un rictus, au premier rang. Entre le vrai cousin Michel et le presque cousin André, j'eus droit au couplet attendu sur la famille-bien-touchée-déjà-bien-méritante. Il me tardait d'être au soleil, loin des condoléances, et d'emmener grand-mère un peu plus haut, dans son jardin.

Pour aller à Saint-Jean, il fallut s'engouffrer dans des voitures surchauffées. Sylvie et le futur cousin montèrent dans la mienne ; après tant de paroles, le silence entre nous sonnait plus juste.

Quand nous étions petits, grand-mère nous parlait de lentes processions vers Saint-Jean :

la carriole du vieux Selsis et son cheval sans âge, le chemin d'herbe si pentu qu'il fallait s'arrêter pour reprendre souffle, après le bois de noisetiers, et laisser là les gestes onctueux des peines élégantes.

Nous n'étions plus petits, on enterrait plus vite, et plus souvent, ces derniers temps. On marchait moins dans les collines, il n'y avait plus de joli chemin pour s'en aller dans les vignes penchées. Des vers un peu faciles revenaient malgré moi :

Je suis le ténébreux, le veuf, l'inconsolé
Le Prince d'Aquitaine à la tour abolie.

Je ne me sentais pas ténébreux, ni veuf, mais les tours abolies, je connaissais. Royaumes engloutis, brûlures de l'enfance, tous ces regards perdus sous le soleil étale des vacances...

On a laissé grand-mère et l'été commençait.

VI

Sur le gravier du cimetière de Saint-Jean, Marie s'était tournée vers moi :

— Alors, tu viens passer quelques jours avec nous ?

Non, je ne voulais pas. Les suivre dans la maison neuve, à deux pas de la Nationale, et toute la journée entendre leurs lamentations... J'ai vaguement parlé de livre à terminer, besoin de solitude... Un peu vexée, Marie a fini par accepter :

— Si tu tiens à te faire la cuisine, tu peux rester en bas. Ton oncle ne veut pas vendre tout de suite.

Ils avaient donc parlé de vendre, et c'était bien le dernier des étés. Déjà des meubles étaient partis vers la maison nouvelle, et la moitié de la vaisselle. Il me restait le bleu de l'ombre et les bois sombres un peu charançonnés, le magnolia, Rouget de Lisle sur la cheminée : tout le royaume vrai, comme si rien n'avait changé.

C'était bon de garder pour moi cet espace de la maison, de m'y blottir en m'effaçant. Surtout ne pas tenir de place, que mon passage ne dérange rien. J'avais caché dans le placard de la cuisine quelques conserves achetées au village, et glissé mes bouquins sous le lit de grand-père. Mais pour mes repas vite expédiés sur la trop longue table de la cuisine, je sortais du vaisselier sculpté l'assiette de mon enfance, ornée d'un oiseau jaune et gris — échassier silencieux, veilleur patient et inutile.

Les choses des maisons sont douces au bord de la mémoire. Elles ont gardé les jours, mais, sous l'apaisement des gestes d'habitude, elles réveillent une vie tranquille, apprivoisée — pas de déchirement, pas de chagrin, mais la lenteur, la permanence. Je faisais passer dans mes mains l'Opinel de grand-père au manche de bois ébréché, mes doigts glissaient sur les napperons de dentelle empesée — et je croyais sentir le parfum sage et presque fade de la fleur d'oranger. J'avais connu toutes ces choses dans une maison livrée aux rires des vacances, à tous nos jeux, à l'affairement de grand-mère et de maman se hâtant de convertir en confitures tous les fruits du jardin — ah ! ce linge sanguinolent de groseilles qu'elles tordaient au-dessus de la grande bassine de cuivre ! Mais c'était comme si d'avance j'avais connu le pouvoir détaché des objets. Sous l'effervescence des journées de soleil, ils dessinaient la ligne stable d'une vie presque au-delà — ils étaient la maison, un peu plus que nous-mêmes, un peu moins, qu'importe. Je soufflais doucement sur les choses arrêtées. Je marchais dans les pièces vides, et tout s'y ressemblait, dans un décor à peine fané, comme un chant familier et assourdi.

Dans l'encoignure des fenêtres, la vigne vierge avait gagné, noyant dans une gangue fraîche la maison entière, comme mon père l'avait souhaité, comme il n'avait pu que l'imaginer. La brique rose appelait cet enroulement d'un vert profond, caresse un peu sauvage sur les murs. La vie continuait. Tout vient un peu trop tard — à peine. Mon grand-père et mon père avaient peu à peu marqué de leur empreinte cette maison toute simple que rien ne distinguait à l'origine de ses voisines de Labastide, avec ses murs rose-orangé, son toit très plat de tuiles courbes. Et puis, au fil des ans, on l'avait appelée la maison du magnolia. Les pétales blancs vite parcheminés tombaient sur la route de la gare et les passants les ramassaient, respiraient profondément cet arôme sucré, insaisissable, plus léger que celui du chèvrefeuille et comme lui endimanché. Ils disaient « la maison du magnolia » ; j'étais fier de cette odeur qui nous servait de mot de passe et d'oriflamme, pétales de papier, pavois de notre identité. Le magnolia avait grandi, tout contre la maison, protégeant le toit de ses branches. On parlait quelquefois de le couper, d'une menace pour plus tard en cas d'orage. Mais ce n'étaient que des mots pour rien, propos d'adultes qui font semblant de connaître le raisonnable — au fond, chacun savait le rôle nécessaire et secret du magnolia, son osmose avec la maison, et le bonheur peut-être...

Les maisons sont des magnolias, tronc massif et branches légères ; elles savent bien que c'est l'odeur des fleurs qui compte, l'écume de la vie — et leur solidité n'est rien que pour un peu d'arôme insaisissable, pour que quelqu'un se penche et ramasse au creux de ses mains un pétale odorant déjà parcheminé sous le soleil d'été.

Jamais le magnolia n'avait senti si bon. Sous son manteau de vigne vierge, jamais la maison n'avait semblé si prête, pour recueillir et abriter, pour cette fête claire des vacances. Mais j'étais seul et il était trop tard — à peine.

VII

Dans le jardin les herbes folles avaient poussé, seul signe d'abandon. L'oncle Paul n'avait plus de temps, trop pris par son travail :

— Si tu as une minute, la tondeuse est dans le garage.

J'avais vaguement acquiescé, mais j'aimais bien les herbes hautes, et n'avais nulle envie de faire vrombir un moteur de tondeuse dans mon théâtre sans musique. Les arbres gagnaient tout l'espace : le noyer, le prunus, l'abricotier, et tous les cerisiers dans le coin du potager, déjà à demi effacé. Je m'allongeais à l'ombre du prunus, presque caché dans l'herbe chaude, un bouquin à la main, ou un cahier — mais mon livre n'avançait guère. C'était bon de regarder le monde à plat ventre, comme font les enfants — et rien ne compte plus que cette forêt devant soi qui filtre les images, et bouleverse les proportions. Tout est petit et tout est grand, le scarabée ou la maison, le magnolia, la tortue qui s'approche.

Trente-huit degrés à l'ombre, disait le thermomètre. Dans l'herbe il faisait presque frais. Près de la tache blanche de mon livre ou du cahier, je posais en équilibre précaire une carafe d'eau, le verre cerclé d'or avec un fond de grenadine. Je regardais comme autrefois le monde dans mon verre — kaléidoscope inverse, couleur unique et rassurante de l'instant. Aux premières gorgées, il y a trop de grenadine. On remet un peu d'eau. Il fait encore soif, mais d'une boisson d'eau pâlie.

Quand nous étions petits, à l'heure du goûter, il y avait nos soifs dans le jardin de Labastide. Le blanc glacé des tables de jardin, temps immobile de cinq heures, cubes de glace menthe à l'eau, chapeau de paille grenadine. Rouge léger, vert délavé, je me souviens de l'heure menthe-grenadine, à l'ombre un peu malsaine du noyer. Temps arrêté de sucre et d'eau, nous regardions danser les couleurs de l'été. Sylvie se taisait près de moi.

Je la savais petite fille. Dans la chambre austère de tante Catherine, elle installait sur la nappe brodée tout un désordre de silence après-midi. La vieille boîte en fer des biscuits

Gondolo répandait ses trésors de vieux boutons dépareillés et rutilants. Elle restait le front penché sur les merveilles tout en rond, le reflet suranné des robes d'autrefois, bientôt l'odeur du chocolat. Catherine fait la sieste, au creux de son fauteuil d'osier. Je crois que la petite fille s'est levée. Sur le balcon les géraniums s'étouffent au grand soleil. Quelqu'un est passé à vélo, puis le silence est revenu. Elle a tiré à demi les volets. Fraîcheur et cette suspension vert d'eau qui tombe du plafond. Elle se regarde dans la glace. Elle a défait sa robe un peu. Demain sera l'été, demain vertigineux, aujourd'hui c'est l'abîme et le regard et le silence — douceur de ces premières courbes à l'ombre étale après-midi.

Je la savais petite fille. Elle a presque trente ans. Le temps ne compte pas. Elle est la jeune fille. Je l'appelle le bleu des soirs d'ennui, le rêve et sa pénombre dans l'allée, le silence des jours où elle n'est pas venue. Elle est voyage sur absence, chapeau de paille oublié sur le banc, linge frais des armoires, et la tristesse longue avant de s'endormir.

Un jour la pluie tomba, ravivant les images. Car les odeurs sont fortes, avec la pluie. Avec la pluie reviennent les tristesses, et c'est un chant de solitude, au jardin de la pluie. Il a fait beau ; et maintenant que les odeurs sont fortes, on se dit sagement que le soleil n'existe pas, qu'on va faire semblant de revenir dans la maison.

La pluie efface les vacances, et l'on joue au Monopoly. Grand-père fait du feu. Rouget de Lisle chante. On est au coude à coude sur la table. « Avenue de Breteuil — j'achète ! » J'achète, et ce n'est pas un jeu, la couleur de ce jour enclos dans le silence, les feuilles vernissées qui battent au carreau, le feu chantant, l'heure oubliée. « Champs-Élysées, quarante mille ! » A-t-on le droit d'être amoureux de sa cousine ? Michel a dit que non, mais je l'ai lu dans les romans. Sylvie est près de moi, je prendrais bien sa main en douce sous la table. Le feu crépite, et je n'oserai pas.

VIII

À l'aube, à la tombée du jour ; ce sont les heures un peu magiques de juillet. Très tôt, très tard, très loin du jour brûlant qui banalise la lumière, les choses du Midi retrouvent leurs nuances. La pierre n'y est plus seulement reflet d'acier, blancheur éblouissante : des ombres bleues s'éveillent, un tremblement léger, plus de frontières impitoyables. Grand-mère se levait très tôt pour précéder le jour, la vie de la maison, pour commencer dans la douceur. Quand aucune tâche trop contraignante ne la retenait, elle s'enfuyait dès le petit matin, pour le plaisir de marcher seule dans les herbes mouillées, la campagne endormie. Combien de fois mes réveils de vacances ont-ils entendu cette petite phrase de ma mère, à peine inquiète :

Où est passée grand-mère ? Nous ignorions par quel chemin de colline secret, mais nous imaginions pour quel plaisir, dont le sommeil nous séparait.

— Dis, maman, demain tu me laisseras partir avec grand-mère ?

Maman disait « peut-être », et souriait... Seule Sylvie savait se réveiller, accompagner parfois grand-mère. Mais le matin, grand-mère préférait la solitude. Sylvie le sentait bien. Pour ne penser à rien, peut-être, ou bien à cette vie de tâches dures et paix profonde, écoulée de coteau en vallée. Peut-être aussi pour prendre cette distance infime avec la vie qui donne ensuite envie d'y revenir.

Le soir, bien après le souper, grand-mère aimait faire « le tour des deux ponts » en longeant le canal sur le chemin de halage. À l'heure où le soleil vient décroître et s'aligner entre les deux rangées parallèles de platanes, nous avions le droit de l'accompagner. À l'aller, il y avait toujours une petite halte rituelle devant la ferme des Sorno, où nous allions chercher le lait. Dans une pièce basse et sombre, aux murs suintant d'humidité, Adeline Sorno versait le lait chaud dans la boîte de fer que nous nous disputions pour porter au retour. Elle nous parlait gentiment, faisait compliment de nous à grand-mère, qui faussement sévère répondait :

— Ah ! les enfants ! Lous qué n'en pas né bólon[1] !

Parfois M. Sorno nous montrait un nouveau cheval acheté le matin au marché de Valence. Moi je rêvais du fouet superbe, orné de pompons bariolés qui trônait entre les licous, au mur de l'écurie.

Nous repartions en direction du pont tournant ; souvent une péniche y arrivait en même temps : la promenade s'augmentait du temps de la manœuvre. Moins bavards, nous revenions vers l'autre pont dans la nuit commençante. Vers Agen le soleil s'approchait de l'eau si plate du canal. Plus de cris plus de jeux, pas besoin de paroles — Sylvie et Michel goûtaient tout comme moi ce silence près de grand-mère.

Très tôt, très tard, c'étaient les heures de grand-mère, petits îlots de liberté et de repos. Très tôt ou bien très tard, en souvenir de ce temps-là j'avais choisi d'aller près d'elle au cimetière de Saint-Jean, en haut de la colline. Je n'y rencontrais jamais personne. Là-haut, l'église presque abandonnée, le petit cimetière tourné vers la vallée n'avaient rien de funèbre. Grand-mère nous parlait de son dernier jardin, amusée de nos réactions horrifiées.

1. « Ceux qui n'en ont pas en veulent ! » (en patois).

— Mais non, ce n'est pas triste ! Je serai bien là-bas.

C'est elle qui avait raison. Elle était bien dans son jardin. À l'angle de deux murs de pierre sèche, au bout du cimetière, sa tombe dominait la vallée de Garonne. Tout près, des vignes à chasselas, un bois sec où mon père cherchait parfois des oronges et des cèpes. Au loin, l'espace s'amplifiait : confluent du Tarn et de la Garonne, vergers, champs de maïs à l'infini. Ici le trafic obsédant de la Nationale 113 devenait une rumeur légère, buée sonore affaiblie qui soulignait la paix déserte des collines. Près des glaïeuls, des roses de Catherine et de Marie, je déposais sur la tombe de pierre blanche des fleurs des champs cueillies au hasard du chemin. Je m'asseyais sur le muret, les genoux contre les épaules, et la vallée s'ouvrait à mon désir tranquille de mémoire. Je pensais vaguement à toi, grand-mère, et tout me revenait...

Je pense à toi, tout me revient, ton accent chante sous le magnolia, tu m'embrasses en passant. Grand-père m'envoie chercher à l'épicerie Casino des bâtons plats de chocolat fourrés de crème blanche. Quand je reviens, tu as versé pour moi un verre d'eau sucrée à la fleur d'oranger. Il fait plus chaud qu'il ne fera jamais. Tu essuies mon front couvert de sueur — geste si doux de ta main un peu rêche et tremblante. J'ai le droit d'aller dans ta chambre. Dans le tiroir de ta table de nuit, je prends l'almanach de *La Dépêche*. Je sais à peine lire, et ne comprends rien aux dessins humoristiques, aux photos de football — Toulouse Football Club sur papier glacé mauve et blanc. Mais c'est pour être un peu chez toi. La chambre sent peut-être la violette ou bien l'humidité des murs, un parfum qui porte ton nom, comme le couvre-lit prune soyeux, comme la sieste sur ton lit, comme le bonheur des vacances.

IX

Marie descendait quelquefois. Elle m'apportait des œufs frais, montait quelques instants dans la chambre de grand-mère, poussait de longs soupirs. En un muet reproche, elle regardait par la fenêtre, et je savais traduire :
— Comment, tu ouvres les volets, une chambre de morte ! Elle prétextait la chaleur pour fermer les rideaux. À petits coups de gestes tutélaires, elle voilait de souvenir décent la lumière éclatante de juillet, déplaçait une chaise, lançait avant de repartir :

— Il faudra que je vienne faire les carreaux !

Les jours de confidence, elle s'asseyait dans la cuisine, et me chantait une irritante litanie :

— Tu ne crois vraiment pas que tu serais mieux là-haut, avec nous ? Tu pourrais sortir avec Michel. André et Sylvie passent souvent. André est très gentil. Ce n'est pas gai, ici, pour un garçon de ton âge.

Mais depuis bien longtemps je n'étais plus un garçon de mon âge. J'écrivais — parce qu'une musique un peu mélancolique venait sous mes mots, j'avais choisi de chanter seul des éclats de mémoire. Bonheur blanc de papier machine, désordre apprivoisé des cahiers, des stylos. J'aimais cette morale si facile qui m'avait choisi. Je n'avais pas d'idées ; je voulais arrêter le temps, le retrouver dans la couleur de ma musique. À Paris, j'avais quelques amis dans le sixième, où tout se joue pour ceux qui rêvent de finir en feuilles de papier. Je n'avais plus Élise qui s'était lassée de moi. Voilà. Je n'étais rien qu'un guetteur de passé. Je revenais à Labastide ; mes mots d'avant me semblaient pâles au grand soleil d'été. Écouter la rumeur, attendre...

Autour de moi, chacun voulait une vie neuve, et vendre, et oublier. Il me prenait un froid vertige à faire défiler des visages exsangues, une chaîne bien refermée, car Marie voulait vendre, l'oncle Paul filait doux, Catherine prenait tout à la légère, et Sylvie même... D'autres visages les croisaient qui me tenaient plus chaud, au-delà de l'absence, me parlaient doucement. Le présent hésitait, je me sentais entre deux mondes, plus près du monde disparu, plus près des heures évanouies.

Mon livre m'attendrait. C'était bien plus

sérieux. Le dernier des étés. Il me fallait le laisser creux, perdre mon temps pour le gagner. Aller à la pêche, peut-être — faire semblant de vivre et regarder.

Un été commençait, dans le pays des noms chantants : Brétounel, Gandalou, Lalande, Labastide. Un été commençait qui serait le dernier. Il y aurait encore, et pour deux mois comptés de grand soleil, le côté du canal, le côté de Garonne, et je pourrais choisir le temps qui fuit à l'ombre du canal, au soleil de Garonne...

À la pêche Garonne, à la pêche canal... À la pêche Garonne en plein soleil, les pieds dans l'eau. Avant de jeter la ligne, il faut creuser sous les galets pour trouver des popoyes : les larves d'éphémères, fuyardes et blanchâtres. Et l'on prend des barbeaux aux gueules inquiétantes, des carpes-miroir à carapace d'acier mou. À la pêche canal, sous l'arche sombre des platanes — les péniches en passant laissent un sillage d'eau fraîchie, des vagues passent par-dessus la pierre du lavoir, et puis s'apaisent.

Garonne coule vite, et canal est si lent. Les étés se ressemblent au fil des chemins d'eau, dans le bonheur passé de l'ombre, le faux présent de la lumière. À la Garonne on fait des ricochets, mais au canal il faut un peu plus de silence. Et de partout on aperçoit le clocher gris de Labastide, la pierre blanche et le coteau, ce bout du monde où les enfances peuvent oublier de finir.

Depuis longtemps, Michel et l'oncle Paul ne venaient plus pêcher à la Garonne. Je prenais le vélo rouillé de grand-père. Comme lui j'attachais mes gaules sur le cadre avec des vieux bouts de ficelle, qui se détendaient dans les cahots du chemin. Dans les petits matins la musique brinquebalante du vélo. Cinq heures du matin, et tout dormait dans Labastide. Plein juillet, les jours étaient insupportables de chaleur et le petit matin délicieux, entre les jardins détrempés. Au passage à niveau, le portillon de la barrière qui retombe, et ça cognait métallique et lourd au fond de moi. Un bruit peu singulier : au long de toute voie ferrée, c'est le même grincement puis le même fracas du portillon qui se referme. Ça voulait dire balade à bicyclette, baignade, pêche, côté vieux bac ou côté Camparol — on pêche près du bac, on se baigne à la ferme Camparol. À sept ans, le portillon à claire-voie rouge et blanc m'ouvrait la soif de la baignade. Son fracas retombé, il me semblait déjà sentir le parfum de Garonne, l'appel de l'eau, le long des champs de peupliers. Il fallait faire la route à pied sous le soleil brûlant. Près de la ferme de Camparol on s'installait sous un platane. Maman avait glissé dans son panier une bouteille de menthe à l'eau serrée dans un torchon humide. Le pain et le chocolat du goûter n'avaient jamais semblé si désirables. Le portillon nous coupait du monde sec des collines derrière nous ; devant, c'était la soif de fleuve et menthe à l'eau.

Alors, on pénétrait au pays de Garonne. Plus de maisons. Des plantations de peupliers, des champs de maïs, des pêchers. Cela pousse tout seul. Les pêches ramassées, on n'y rencontre plus que le vieux Delvoles, ses vaches et ses chiens qui longent la Garonne le matin vers les prairies de Camparol et s'en reviennent au soir. Au loin, le coteau se découpe, et le clocher de Labastide : ce bout du monde est tout près du village. On entend sonner l'heure et la demie sur le silence.

À quinze ans, les premiers jours de septembre, c'est là que je venais rêver. Mes promenades à bicyclette m'entraînaient dans les villages de colline : à Saint-Paul, à Lalande, à Saint-Jean-de-Cornac, j'avais laissé un sourire moqueur, une jupe écossaise. Les filles entraperçues, les amours inventées, j'allais les retrouver, les prolonger au bord de la Garonne, avant de quitter les vacances.

Il était loin le temps des filles à inventer.

La pêche même devenait prétexte à oublier. J'avais mon coin, près de l'embarcadère du vieux bac : un petit talus d'herbe vallonné venait mourir dans l'eau, entre deux plages de galets. Les premiers jours, j'avais joué le jeu, piochant la vase et déterrant les larves d'éphémères, puis arpentant la berge avec la canne à lancer de mon père. Cela marchait trop bien, et tout de suite j'avais pris deux barbeaux : alors, préparer la bourriche, jeter de l'appât... Cela m'avait vite assommé. J'installais désormais deux lignes de fond qui pêchaient toutes seules, amorcées au maïs — et protégé de mon mieux contre toute pêche miraculeuse, j'attendais que rien ne se passe. Sur l'autre bord de la Garonne, les peupliers faisaient une barre argentée, la rumeur du courant creusait une inquiétude vague... C'était un lieu frontière entre la paix et le danger : douceur des galets ronds, blancheur osseuse des racines desséchées, odeurs mêlées de vase et de menthe sauvage, un lieu frontière entre le présent, le passé. Un écho montait quelquefois du plus secret des champs de peupliers.

Le vieux Delvoles passait vers huit heures. Les vaches pataugeaient dans l'eau, ses deux bergers des Pyrénées venaient me saluer — depuis dix ans je connaissais la vieille Maggie, son poil hirsute et rêche. Le vieux s'approchait lentement. Nous parlions du beau temps ; pour la centième fois il me lançait de sa voix sourde et nasillarde :

— C'est formidable ce que tu peux ressembler à ta pauvre mère !

Cette pensée semblait l'émerveiller ; il en hochait la tête, en souriait de connivence. On lui avait toujours connu la même vie, le même béret poussiéreux. Jamais rasé, jamais barbu non plus, il devait être minutieux, à sa façon. Le long de la Garonne, on lui savait trois petites cabanes échelonnées qui rythmaient son repos. L'hiver, il restait à la ferme, et tressait des paniers d'osier. Pour la fête de Labastide il montait au village, seul, et s'asseyait sur le petit muret, près des danseurs. De là, sans doute, il avait regardé ma mère jeune fille, en robe claire sur une musique un peu triste, et je l'enviais pour cette image difficile d'avant moi.

Le vieux Delvoles reparti, le silence se fêlait. Quelque pêcheur passait en clapotant sur une barque, le ronronnement d'un tracteur amplifiait l'espace, le moteur d'une pompe à eau... Avant huit heures, la Garonne était à moi : de Camparol jusqu'au vieux bac des kilomètres de silence, et le soleil fragile du petit matin. À moi le reflet pâle des galets d'acier, l'herbe mouillée profonde du rivage, à moi la rumeur incertaine du courant, ce faux présent d'écoulement, sagesse imaginaire du regard absent sur le passage de l'eau vive.

Et puis à moi la Garonne recommencée, dans l'apparence d'un matin, le rire léger de Marine...

X

Le premier jour elle m'ennuya. En éclaireur, sans doute, elle précédait un père matinal, pêcheur qui viendrait mordre sur mes terres de silence. Il me faudrait répondre à des questions embarrassantes. Difficile d'avouer que je venais à six heures du matin appâter au maïs par désir de ne rien prendre. Mais moi, visiblement, je ne la gênais pas. À quelques mètres de mes lignes, elle entama une série de ricochets assez réussis, puis, satisfaite, s'approcha : légère et brune, cheveux courts, un pull marin beaucoup trop grand tombait comme une minirobe sur son jean.

Elle avait vu que je la regardais, mais n'en conçut aucun de ces effarouchements de paupières familiers aux petites filles, et sur un ton d'excuse me lança :

— Quatorze, c'est pas mal, mais mon record c'est dix-sept, hier matin.

Son accent n'avait rien de méridional, mais pour la forme — et puis parce que ça me semblait plus respectable — je l'interrogeai :

— Tu es en vacances ?

Mais elle ne répondit pas, prit tout son temps pour lorgner du côté de ma bourriche, ficelée sur le porte-bagages :

— Ça n'a pas l'air de mordre beaucoup. Tu ne mets pas ta bourriche à l'eau ?

— Je ne suis pas un grand pêcheur. Moi, ma spécialité c'est le ricochet. Je te montrerais bien, mais je ne voudrais pas te faire de la peine. Dis donc, ton papa doit aimer t'emmener à la Garonne, si tu lances toujours des galets à côté de lui !

— Mon papa ?

Elle me regarda en face avec une petite moue, appuyant sur les deux syllabes naïves d'un ton de commisération amusée, et je me sentis à l'instant parfaitement ridicule. Profitant de son avantage, elle parut rêver sur une image saugrenue.

— Mon papa, comme tu dis, je le vois pas tellement prendre ses gaules et venir à la Garonne, comme un bon pêcheur du dimanche.

— Mais alors, qu'est-ce que tu fais ici ?

Elle ne répondait pas. Pas tout de suite, comme tous les enfants — comme tous ceux qui savent un domaine à préserver, inavoué, avant les mots.

— Toi non plus, tu n'as pas l'air d'un pêcheur du dimanche. Tu n'as pas l'air d'un pêcheur du tout.

Un silence, et puis :

— Ici on peut trouver tout ce qu'on veut. Je veux bien parler avec toi, mais pas de questions. Promis ?

Un peu surpris, je me tournai vers elle. Ces phrases un peu étranges et graves étaient tombées de la bouche d'une petite fille de dix ans à peine. Je n'étais pas dans un désert, elle n'était pas un petit prince blond. Mais elle allait aussi à l'essentiel, sans gêne et sans effort, aux premiers mots me parlait de tout près. Tout engourdi dans ma prison d'adulte, je me sentais percé à jour, et d'emblée démuni sous ce regard nouveau.

Elle sourit, soudain fébrile, comme on sourit d'un nouveau jeu imaginé, quand on sait bien que l'idée séduira le nécessaire partenaire — ainsi on n'ose proposer à des amis de rester à dîner qu'en sachant bien répondre à leur désir informulé de dimanche allongé, de repas froid pour le seul plaisir d'être ensemble :

— Tu restes ici toutes les vacances ? Eh bien, au début de septembre on reviendra ici.

Tu mettras tes deux lignes à l'eau. Je passerai. Tu me diras pourquoi je viens ici. Et moi je te dirai pourquoi tu fais semblant de pêcher. On dira celui qui a le mieux deviné. Il ne faudra pas tricher.

XI

Voilà ce que Marine me livra le premier jour. D'avance elle me prenait au joli piège rond de ses silences et de ses jeux. Son nom je le connus plus tard. Plus tard le nom de sa maison. Mais je devinais bien qu'elle habitait le château du Bouscat, ce refuge entêtant de nos maraudes d'autrefois. Avec Michel, avec Sylvie parfois, nous poussions jusque-là, et dans les pièces abandonnées, sur le perron couvert de lierre et d'un écho de pas légers, je faisais vivre en moi la maison princière du *Guépard*, cette Casa Lampedusa que j'avais vue au cinéma, dans un film ennuyeux et fascinant de bal interminable.

Tout près du cimetière de Saint-Jean, caché dans un renfoncement de la colline, le château du Bouscat était le terme du versant sauvage. Par là, la route ne menait qu'à quelques métairies. La ferme des Lacombe passée, les mauvaises herbes la gagnaient, et l'on apercevait à peine le château, dans une forêt de broussailles, au bord d'une avancée abrupte, surprenante : du côté de Moissac, la colline descendait vite, mais tant bien que mal donnait sa pente à quelques vignes entrecoupées de bois touffus. Du côté du Bouscat, elle se faisait falaise, et cette tache blanche de calcaire nu détonnait dans le paysage ovale blond de la vallée de la Garonne.

On disait le château. Cela tenait plutôt de la villa de luxe 1800, avec un seul étage, une ligne étirée. La façade sur la vallée distribuait une lumière éblouissante par ses huit portes-fenêtres. Une immense terrasse couronnait le bâtiment ; j'imaginais le soir tombant en mouvements de châles, en voix chantantes et lointaines, sur des bancs d'osier sages au dossier presque droit. Une famille d'Italiens très riches, grands seigneurs terriens, était venue dominer là ses champs de la vallée. Plusieurs inondations de la Garonne les avaient ruinés. En hâte, ils avaient revendu au légendaire Herniot, notaire vieux garçon de Montauban.

Herniot ne venait guère sur ses terres du Bouscat. On racontait qu'il possédait ainsi plusieurs domaines somptueux, acquis dans les mêmes conditions, mais qu'il vivait près de sa mère dans un appartement étroit de Montauban.

Et puis Herniot était tombé malade, et le château dépérissait. En l'absence du maître, son fermier Lacombe veillait sur le Bouscat abandonné. Nous redoutions ses chiens, qu'il ne rappelait guère. Les gens de Labastide n'aimaient pas ce colosse hirsute et roux, taciturne et hautain, qui remplissait ses fonctions de garde avec une morgue de châtelain. Lacombe ne descendait jamais à Labastide. Sa femme y faisait des ménages, silhouette apeurée, courant de tâche en tâche, et comme poursuivie par une faute inexpiable. Claudie Lacombe lavait tout son linge à la main, empruntait le journal à des voisins, chez elle n'allumait jamais plus d'une lampe. Voilà ce qu'on disait, et son visage disait plus encore.

Lacombe avait vieilli, bien sûr, au long de nos adolescences. Mais sa silhouette tutélaire, son silence menaçant faisaient toujours passer en moi un frisson d'aventure et de danger. Sans trop nous l'avouer, nous allions surtout au Bouscat pour cette terreur délicieuse. J'aimais les pièces nues si claires ouvertes sur dehors, les cheminées de marbre et les lambris. Et puis j'aimais la passion farouche de Laurent Lacombe, cette violence froide qu'il mettait à nous chasser : ses deux chiens noirs bavaient, hurlaient tout près de nous — mais lui ne disait rien, restait à la lisière des broussailles, et nous prenions la fuite avant de croiser son regard. Avec le silence de Lacombe commençait le mystère du Bouscat.

Claudie Lacombe était venue au cimetière de Saint-Jean, pour l'enterrement de grand-mère, plus pâle que jamais. Tante Marie, qui s'étonnait toujours qu'on ignorât les grands événements de Labastide, m'avait éclairé :

— Comment, tu n'es pas au courant ? Ce vieux filou d'Herniot a réussi à vendre son château des courants d'air ! Un artiste, paraît-il. Un peintre de Paris. Un nom grec, Lapidis, Lépidis, quelque chose comme ça. Marié à une Française. Enfin, marié... Je répète ce qu'on me dit. Des gens bizarres. Ils sont venus habiter ici tout de suite après avoir acheté, en décembre. Depuis, c'est en travaux. Ils auraient quand même pu attendre, surtout qu'ils ne manquent pas de ça !

Quand elle disait « ça », Marie frottait ses doigts contre son pouce.

— Enfin, ça ne me regarde pas. Ils ont une petite fille qui va à l'école. Une petite fille à elle : elle a un nom français. Enfin, tu vois le drame pour les Lacombe. Le père Laurent en est devenu comme fou. Il rôde toujours dans le parc, et les autres ne le chassent même pas. Voilà comment vont les choses à Labastide.

XII

Marine a des cheveux raides, à la Jeanne d'Arc. Des cheveux bruns qui dansent quand elle marche, des dents de lapin tendre, des yeux couleur muscat. Tous les matins, elle descend à l'école de Labastide, à pied, par la côte Saint-Martin. Elle porte sur un jean de gros chandails un peu lâches, à la mode paysanne de Paris.

— Comment tu t'appelles ?... Marine ?... Marine !

Elle ne ressemble pas aux petites filles du village. Marine aime bien son prénom, mais dans la cour d'école son prénom l'ennuie. Avec cet accent implacable qui chante toutes les syllabes, les garçons sans la regarder bourdonnent :

Parigots têtes de veaux
Parisiens têtes de chiens.

Pour ranger ses affaires, Marine n'a pas de cartable, mais une sangle bariolée, à la lycéenne. Mme Delbouys ne l'aime pas trop. Marine pose trop de questions embarrassantes, en classe. Les garçons pouffent et les filles se vexent. Qu'est-ce qu'elle va encore chercher ? Dans ses rédactions, elle parle de la campagne, en termes extasiés, comme si elle la connaissait. Marine a des yeux marron-vert, des cheveux courts et bruns qui dansent quand elle marche, des pulls un peu trop lâches qu'elle n'a pas choisis, des phrases qui l'éloignent.

Marine lentement commence son silence, de phrase en phrase retenue, c'est assez doux. Il y a du brouillard tout l'hiver au pays de Garonne, au château du Bouscat le mercredi, navire suspendu sur la falaise. Marine est seule dans sa chambre au château de l'ennui. Elle a trouvé, gris-bleu, dans le grenier, un vieux livre toilé de 1927 : *La Rome antique — Programme des lycées et collèges*. Il y a là des noms pleins de soleil, des noms flamboyants et glacés comme une confiture de groseilles. Romulus, Caligula, des mots de passe pour ailleurs. Les dessins gris et blancs s'enflamment d'incendies impitoyables, de batailles navales — les bateaux sages brûlent gris. Marine a voulu d'autres noms, et qui ne chantent que pour elle. Un jour, elle a commencé un dessin ; elle ne savait pas que c'était le début d'une longue histoire. Elle a tracé la silhouette d'une ville, en haut d'une colline — Trabinia. Ce nom lui est venu, fruité, majestueux. Alors tout a suivi. Murinien règne à Trabinia, au bord de la mer Cynégéenne. En bas de son premier dessin elle a écrit la date : 412 avant J.-C. Sous le règne de Murinien, Trabinia est attaquée par des barbares, venus de l'Asie par la mer. Marine a inventé sa première bataille navale, plus de cinquante trirèmes, des flammes au crayon rouge... Elle a mis bout à bout ses deux dessins, la calme Trabinia, la mer Cynégéenne d'incendie. Jour après jour, la légende de Trabinia a tenu plus de place sur ses feuilles et dans sa vie.

De mercredi d'ennui en soir de solitude, les rêves de Marine ont lentement glissé sur la cité. De feuille en feuille et siècle en siècle. Enroulé sur un gros crayon, le précieux papyrus tient dans un cylindre de carton, un ancien kaléidoscope tendu de soie vieux rouge. Marine le range sous son traversin. Comme elle fait toujours son lit, le mystère ne risque rien. L'hiver est long, le temps s'enroule autour du temps.

Aux vacances de Pâques, Marine est montée à Paris, avec Hélène et Alexis, pour une exposition. Elle dit Alexis, car ce n'est pas son père, alors elle dit aussi Hélène. En retrouvant Paris, Marine a su qu'elle aimait Labastide...

Labastide et le temps. Laurent Lacombe qui ne parle qu'à elle. Le château du Bouscat. À bicyclette les villages des coteaux. À pied le silence de la Garonne. Et puis la solitude et Trabinia.

XIII

— J'crois qu'on va rester tout l'été ici. J'aimerais bien. Alexis prépare une exposition pour septembre, à Milan.

Marine commençait un été de Garonne, et s'asseyait sur l'herbe fraîche du petit matin, tout près de mon été. Des mouettes remontaient le cours de la Garonne. Il faisait presque froid dans ces reflets d'argent du soleil pâle au creux de l'eau.

Ils se levaient très tard, là-haut. Marine repartait vers dix heures ; je retrouvais le goût des choses finissantes. Elle était le midi d'été, la frontière légère des journées.

Alors je reprenais ma bicyclette et je rentrais. Quelques courses au village, le « bonne soirée, bon appétit » du boucher, un journal, quelquefois, comme un miroir au temps d'absence, et puis le magnolia, Rouget de Lisle et le jardin. Des pas dans la maison volets fermés. Des livres retrouvés dans la bibliothèque du couloir — ah ! ces filets d'or éteint des couvertures de l'ancienne collection verte !

À l'ombre du prunus, allongé dans l'herbe haute, je relisais *L'Île au trésor*, images terrifiantes estompées, comme les peurs d'enfant s'effacent et puis le temps d'enfance. Comme l'été, mais sans la voix chantante à l'heure du goûter. *À l'Amiral Benbow*, le temps ressemble au temps, l'aveugle dans la nuit fait résonner sa canne au clair de lune : « N'oubliez pas le vieux Pew, camarades, pas le vieux Pew ! » L'aveugle marche, et tout semble imbibé de pluie glaciale. À l'ombre du prunus me revenaient les pluies cinglantes qui désossent les marins, de naufrages en couteau, de hurlement d'ivrogne en éclair de vengeance. Les pétales du magnolia tombaient tout près comme autrefois. Que c'était doux *L'Île au trésor* à l'ombre du prunus dans le parfum du magnolia, la peur atténuée de chaque soir dans l'île, au creux du fort. Que c'était doux l'oubli qui se profile en faux reflet de la mémoire — les livres si longtemps vous suivent ou font semblant.

À six heures, le père Milhas passait devant la grille. Il rentrait de la pêche et me lançait des bribes de phrases immuables — manqué un barbeau comme ça ! — à l'asticot, toujours à l'asticot — quand même, au canal ça mord mieux qu'à la Garonne — bon appétit quand vous y serez !

Et déjà c'était l'heure de chercher le lait.

Les jours de plein juillet s'écoulaient doucement. Je voyais moins Sylvie, et presque plus jamais André. Michel sortait en boîte avec des gars de Labastide — amitiés de vacances qui vieillissent mal : on partage le foot, et la pêche aux têtards. Puis le temps passe, on se revoit, on est gêné. La vie vous a changés, alors ça va ? — ça va, puis le silence.

J'aimais ce qui ne change pas, la courbe oblongue des collines et le tremblé de l'ombre au fil des chemins d'eau, mon jardin clos sur les étés, saisons fuyantes et qui ne savent pas le singulier. Saisons d'absence qui s'inventent à trop se ressembler. L'année où l'abricotier donne, l'année des cerises : « Tu te souviens, on en portait à tout le monde dans le quartier, même à la vieille Maria ! »

Grand-mère avait abandonné un merveilleux dernier jardin d'été, rose pâle, sucré, et d'un rouge aigrelet dans les buissons pleins du plaisir acide des groseilles, du pelucheux velours des framboises empoussiérées. Vert sombre, feuilles veloutées ; entre framboises et cerisiers l'arceau rouillé de la glycine. Les allées minuscules jour après jour gagnées d'herbe sauvage, passages étouffés d'autrefois. Grand-mère aurait aimé finir ainsi dans l'herbe folle et le silence, tout près de la saveur des fruits, couleur des jours à peine tamisée, voilée de branches, et dans la paix de cet oubli des taches de lumière.

Le soir venait trop doux, odeurs mêlées des abricots tombés, des pétales du magnolia. Au milieu du jardin, je dînais sur le petit banc de pierre, dans l'ombre commençante. C'est bon d'aller chercher un pull le soir, quand il a fait si chaud. C'est bon les gestes des vacances de toujours, chaise longue, fraîcheur de serein savourée...

Ceux du Bouscat parlaient là-haut, peut-être, dans le parc, cette langue du soir qui s'apprivoise les étoiles, à petits mots sans importance — Tiens, une étoile filante — mais non, c'est un satellite — on resterait bien toute la nuit. Et puis des silences pour soi.

Le soir tombait à petits mots sans importance, et Marine habitait l'ancien château-silence de Sylvie.

XIV

Marine on ne la savait pas, et j'avais besoin d'une amie. Sur ma planète il n'y avait qu'un coucher de soleil par jour ; mais les soleils se couchent vite, au long des jours qui se ressemblent. J'aurais voulu ne pas précipiter le temps, lui rendre ses distances en l'accrochant aux rites d'autrefois — j'essayais de croire à la fin du mois.

À Labastide, les vacances ont une ligne de partage, la dernière semaine de juillet : la fête patronale. Quand le bal du lundi s'arrête, le troisième jour, l'été commence à reculer, à couler vers septembre. Marine avait voulu tout savoir à l'avance. Je lui avais parlé de la course aux canards, et du canard plongeur qui ridiculise les nageurs avant de se laisser coincer contre la rive du canal. Je lui avais vanté les exploits des coureurs cyclistes, qui passaient tout près du Bouscat, puis replongeaient sur Labastide par le chemin des Saules, dans un circuit à négocier vingt fois. Et je lui avais dit le bal près de la Nationale, ces musiques déchirantes de mélancolie, quand on reste là sans danser, à regarder tourner les robes claires.

— J'irai avec toi. Comme ça tu ne seras pas triste.

— Mais non, Marine. Si tu viens, ce sera avec Hélène et Alexis.

— Je ne crois pas qu'ils descendent. La fête au village... Et puis je fais ce que je veux... Chez moi aussi il y a des fêtes...

Et Marine prenait son air absent. De quelles fêtes pouvait-elle parler ? Mais quelque chose me disait que je saurais toujours trop tôt l'envers de ses silences. Marine avait raison : il ne fallait pas de questions.

— Tu sais, Marine, ce qu'il y a de plus beau, dans la fête à Labastide, c'est la retraite aux flambeaux du samedi soir. Depuis que je suis tout petit, ça n'a pas changé. Il y a toujours une clique ; elle vient toujours de Boudou. Il y a toujours des pipeaux trop aigus, des clairons qui s'essoufflent. Il y a toujours des lampions qui s'enflamment. Si tu peux venir le samedi soir... La retraite passe devant chez moi.

— Ce n'est pas chez toi, dis donc !

Marine n'avait dit ni oui ni non. Mais moi je comprenais enfin que j'avais peur de ce soir-là, comme on a peur enfant du fracas d'un manège, et de la joie qu'on n'aura pas.

Il y a des fêtes qu'on ne s'avoue pas : « Tu viens, ce soir ? — Oh, vous savez, on ira peut-être faire un tour, pour les enfants. » Il suffit d'un enfant pour inventer la fête. Mais ce n'était pas ça. Pas seulement. Marine dessinait dans l'ombre d'un château la longue histoire de sa solitude et des mots de l'ailleurs. Elle m'avait parlé de son secret... Je connaissais Trabinia, Murinien, la mer Cynégéenne. Elle m'avait livré ses mots de passe, mais son royaume demeurait secret.

On ne possède pas le monde des enfants. C'est une flamme bien trop haute ; on approche la main, on se réchauffe un peu de ce regard brûlant. Et puis cela fait mal. On n'est plus fait pour devenir les choses. *L'Île au trésor* c'était hier, on ne deviendra plus les falaises de pluie près de *l'Amiral Benbow* — on ne deviendra pas l'empereur Murinien rêvant de la gloire de Trabinia et s'embarquant sur les flots démontés de la mer Cynégéenne. Qu'importe. On reste au bord de l'eau, on imagine. En sourdine, c'est déjà très beau. Je rêvais Marine au grand silence de ses temples dessinés, à l'ombre des portiques, dans un pays bien plus lointain que Rome ou la Grèce perdue, dans un pays d'Avant inaccessible et fort, près d'une mer si douce à se noyer comme on tombe en rêvant.

Moi, mon jardin était aussi de mots imaginaires, et de longues histoires à oublier pour la chanson des mots. Mais je n'avais plus l'âge des secrets. J'écrivais des romans. Des gens que je ne savais pas aimaient peut-être ma musique. Des livres pour les grands, qui se donnaient trop vite au jeu d'autres regards et s'échappaient de moi. Marine un peu plus haute dans sa tour d'enfance, patiemment, de feuille de classeur en dynastie nouvelle, allongeait un temps fort, pour elle seule et tout l'espace vide du Bouscat.

— Un jour, Marine, tu me montreras l'histoire de Trabinia ?

— Peut-être. Si je le montre à quelqu'un, je crois bien que ce sera à toi. Mais ça ne t'intéressera pas. Je fais ça pour moi... Et puis, il faudrait que tu viennes au château. Je ne veux pas que le rouleau sorte de ma chambre.

Pour changer de conversation, elle me demandait poliment des nouvelles de mon roman.

— Tu sais, en ce moment, je n'ai pas beaucoup envie d'écrire. Je préfère lire un peu.

— Toujours *L'Île au trésor* ?

— J'ai fini, Marine. Maintenant j'ai commencé *David Copperfield*.

— Mais ce n'est pas croyable ! Tous les livres que tu lis, je les ai déjà lus. Comment tu peux t'intéresser à ça ?

Avec des mots bien maladroits j'avais tenté de lui dire et de m'expliquer à moi-même ce que représentaient ces livres de l'enfance. Bien sûr je ne m'embarquais plus sur l'Océan de Jim Hawkins, ou bien dans la méchanceté parfaite des pensionnats d'Angleterre. Mais je me souvenais de m'y être embarqué — à travers l'aventure me revenait un peu du bonheur d'avoir peur quand je lisais enfant dans un lit bien étroit, bien bordé, mais qui tanguait sur le malheur et sur la colère éclatante des corsaires. Je me rapprochais de ces moments coupés du temps, haletants d'angoisse et de plaisir. C'était déjà tellement mieux que tous les livres d'aventures pour adultes.

Il y avait des silences. Marine s'allongeait sur l'herbe de Garonne, mains sous la nuque, et je pêchais quelques secondes pour de vrai, les yeux mi-clos sous le soleil oblique. Je sentais son regard posé sur moi.

— À propos, j'ai demandé, pour samedi. J'ai parlé de toi à Alexis et Hélène. Je viendrai voir la retraite aux flambeaux de chez toi.

Après, je les rejoindrai sur la place. Ils descendront. Si tu veux, vous pourrez faire connaissance... Oh, tu les trouveras un peu bizarres. Tout le monde ici les trouve bizarres, même le père Lacombe.

— Tu parles avec Laurent Lacombe ? Tu es bien la première !

— Il faut bien lui parler ! Il est toujours fourré dans le parc. Au début, il me faisait peur. Mais c'était son silence. Maintenant on discute, et j'aime bien ses chiens. Ils me suivent partout, si je veux. Tu sais, Laurent Lacombe, je le comprends un peu. Le Bouscat, c'est toute sa vie, comme un secret qu'il voudrait protéger. Et puis je n'ai pas d'amis de mon âge, alors...

— Il n'y a personne dans ta classe avec qui tu pourrais devenir amie ?

— Je ne sais pas. Si, peut-être... Mais je ne les connais pas assez. Et puis ils se font plein d'idées sur moi, je crois.

— Ça viendra, Marine. En attendant, je t'emmène à la fête !

Et c'était bon d'imaginer que j'avais pour quelqu'un la fête à retrouver.

XV

Le premier soir de fête, il fait toujours une chaleur d'orage à Labastide. Le vent se lève vers dix heures et souffle de Bordeaux. C'est un peu plus qu'une habitude, presque une tradition. « L'Espoir Boudounais » s'est résigné depuis longtemps ; la clique sait qu'il lui faudra souffler plus fort, s'exténuer plus vite — et des lambeaux perdus de musique aigrelette s'envoleront vers le canal. Les porteurs de lampion verront tanguer les bougies frêles dans leur globe de papier. Le défilé, illuminé au passage à niveau, se fera clignotant devant la gare, et presque aveugle en pénétrant sur la piste de danse.

Une autre fête alors commencera, sur une autre musique : guitares électriques, martèlements de batterie, musique d'acier et d'ampli pour noyer la rumeur de la trop proche Nationale. Entre deux rocks, le joueur de synthétiseur deviendra accordéoniste pour une marche, un paso doble ou un tango. Juché sur une estrade accotée au mur du fond de la mairie, l'orchestre domine cet espace magique, aire de ciment ceinturée de platanes, sans charme les jours ordinaires, et qui ne vit que pour les trois soirs de la fête, gonflé soudain de lumière et d'importance. Tout près, l'église est rejetée dans l'ombre, mais sa présence silencieuse donne un goût de village à ces rites presque anonymes.

Les jeunes danseront devant les vieux et les petits, bien sagement assis au café de plein air, en bout de piste. Autour des rondes tables en fer bancales, les familles de Labastide s'installent, se rassemblent séparées. De temps en temps, les enfants s'échappent, une pièce à la main, pour courir au manège, et puis reviennent. Pour ceux qui restent là, c'est le silence Orangina. Devant sa bouteille alibi on ne dit presque rien — la musique fait trop de bruit. Parfois un coup de coude, une phrase à l'oreille de son voisin.

— Té, tu as vu ? Ton frère qui arrive !

On se salue. On s'embrasse. On regarde. Plus tard il y aura le feu d'artifice. On s'est fait beau ; les autres dansent, se renouvellent sur la piste en générations contiguës, mêlées parfois pour un rock plus ancien — alors les plus âgés dessinent à deux des figures compliquées, tandis que les jeunes se déhanchent en solitaires avec une souplesse discrète, une sobriété ostentatoire. Et puis c'est une valse. Des couples confirmés, regards antipodiques, absents, concentrés sur leurs pas. L'accordéon fait mal. Pourquoi ?

Des ampoules électriques peintes de couleurs vives se balancent de platane en platane au-dessus des danseurs. C'est la fête... Ça sent la poudre du stand de tir et la merguez. C'est la fête, on a une petite fleur plastique acidulée piquée près de la boutonnière. Le vent se lève. Il ne fait pas si chaud. « Qu'est-ce que tu dis ? Cette musique, alors ! Chaque année c'est plus fort ! »

Chaque année c'est plus triste.

Moi je n'avais jamais connu que le silence Orangina, ne sachant pas danser, ne voulant pas savoir. Je me faisais très beau, simplement pour me dire que les vacances allaient commencer de finir et qu'il y avait de jolies filles, que c'était doux de les aimer dans la mélancolie des rengaines d'acier, sans le leur dire, au bras des autres mais pour moi, en robes claires et puis en jeans, et les années passaient le long de mes amours-silence.

XVI

Marine avait un petit air de fête ce soir-là. Sous l'éternel pull bleu marine, une chemise écrue éclairait son visage. Elle avait enfilé un jean nouveau, d'un blanc immaculé. Marine blanche et sombre descendait la route qui menait chez moi, dans la nuit commençante. Je l'attendais devant la grille et j'aimais bien ce moment-là, rendez-vous un peu étrange, au vent de solitude et de fête mêlées.

J'arrête un peu Marine sur la route qui descend. Elle est pour un été ma famille du bord de l'eau, la sœur petite à protéger, la fille que je n'aurai pas, et le reflet lointain d'une cousine châtelaine. Elle marche, le temps est léger. Pour la première fois Marine du petit matin s'en vient sur les chagrins du soir, les fêtes blessées par avance, et le temps qui s'égrène aux musiques d'oubli. Le fond de l'air est doux, menthe sauvage, bouffées tièdes.

C'est la petite fille de la ronde de Nerval, Adrienne et Sylvie comme une danse sur la route de chez moi. Connaissez-vous le nom de la couleur Marine au temps d'été ? Marine enfance danse, et tout remonte en moi. Pourquoi se souvenir alors de cette barque abandonnée, dans l'enclos de l'usine de ciment ? C'est là que nous partions, avec Michel, avec Sylvie, pour les voyages de l'enfance. Nous y avions des vivres pour huit jours, pastilles anisées à dix centimes le paquet. C'est cette barque-là qui me revient sur les pas de Marine, le temps perdu des grands voyages immobiles.

— Bonsoir, Marine. Tu es bien belle, dis donc !

Mais elle se contenta de hausser les épaules.

— Ils vont attendre la nuit noire pour commencer la retraite. Tu veux voir la maison ? Enfin, tu sais, il n'y a pas grand-chose.

— Je voudrais bien voir le Rouget de Lisle !

Ce n'était plus une maison pour les enfants. Marine un peu impressionnée passait dans les pièces presque vides. Tout me semblait plus sombre et gris sous son regard, le tain des glaces et les reflets des meubles en merisier. Marine s'arrêta devant la cuisinière en fonte :

— À quoi ça sert ?

Et promu d'un seul coup au rôle de témoin des coutumes éteintes, il me fallut lui expliquer — mais je ne lui dis pas ce que c'était pour moi, les fleurs bleuâtres de fonte émaillée, l'assaut de la flamme quand on soulevait les disques concentriques, le ronflement paisible du foyer, chant de bouilloire, vacances de Noël, et ceux que j'aime autour de ce bleu-là, le chant fêlé de l'eau sur le bleu de la fonte.

— Ah ! C'est ça, ton Rouget de Lisle ?

Dans le jour finissant, la gravure jaunie me paraissait lugubre, pour des yeux d'enfant. À demi renversé dans son fauteuil, le maire de Strasbourg tournait vers le chanteur hiératique des yeux révulsés et absents. Rouget lui-même, mèches minces en bataille, semblait la proie d'une folie impitoyable ; et cette passion farouche arrêtée dans l'espace, le dessin à la plume du gris noir au blanc jauni, lumière amenuisée dans la salle à manger, silence... Marine regardait, je regardais près d'elle, dans la maison d'enfance morte au jour tombant. Pour la première fois, Rouget de Lisle m'emplissait d'une amertume désolée. J'avais dit à Marine les parties de Monopoly et les soirs de lecture. Veillant sur nos patiences, *La Marseillaise* était alors comme une paix dans ses tons doux et gris, le confort apaisant du salon strasbourgeois. La fièvre du chanteur encerclée, retenue, dormait l'éternité dans ce double décor de soir tranquille.

Debout tout près de moi, une petite fille devait découvrir, étonnée, un monde poussiéreux et froid qui me servait de souvenirs.

— Tu sais, les gravures de mon livre d'Histoire, elles sont toutes comme ça, avec des petits traits gris et blancs, à la plume, c'est Alexis qui me l'a dit. Moi, je dessine au crayon à papier...

— Tu devrais au moins le fixer. Alexis a sûrement ce qu'il faut...

— Oh, même si ça s'efface... C'est pas bien grave. Quand j'aurai fini l'histoire de Trabinia, peut-être que j'en commencerai une comme ça, Rouget de Lisle, la Révolution... Mais pas tout de suite. J'aime bien mes Romains...

Marine n'était pas déçue. Elle enfourchait l'élan de ma désuète *Marseillaise*, ne voyait pas le fané, que j'avais vu par elle ; les regards d'enfant sont plus hauts que le temps.

— Dis donc, on ne pourrait pas avoir un lampion, nous, pour la retraite ?

— Pour moi, j'aimerais mieux pas. Mais attends. J'ai peut-être quelque chose...

Marine me suivit tout au bout du jardin, jusqu'à l'atelier de grand-père. Sous l'établi, dans la grande malle d'osier, tressée aux jours d'hiver par le pépé de Gandalou, mes jouets d'enfant reposaient pêle-mêle. Entre le train à clé et les pièces du Meccano, il y avait bien trois lampions aplatis, malmenés. Les deux premiers, extirpés à la hâte, se révélèrent déchirés, mais le troisième était à peu près présentable : jaune d'or, avec un gros raisin muscat souligné d'un trait noir. J'avais dû le porter, intimidé et fier, en tête du cortège, dans une fête vieille de vingt ans, aux côtés de Sylvie. Marine le trouva superbe. Je lui donnai un tuteur à tomates ; elle y accrocha son lampion. Déjà le vent d'orage se chargeait d'une rumeur, du côté de la gare.

Le reste me revient sur des images syncopées, dansantes, et prêtes à s'évanouir dès que les mots viennent à les toucher — comme si, ce soir-là, le vent chaud de la fête éparpillait sur une palette inconnue les ors et les bleu nuit, les robes claires et la mélancolie — dans une autre lumière. Et si je suis le défilé qui monte doucement vers le village avec des haltes musicales — la joie légère de Marine danse devant moi, jaune, ronde et muscat — d'autres visages tournent au vent de ce soir-là. La fête est l'été même ; elle se ressemble, et cependant elle n'existe pas, si on n'attend pas autre chose : au bout du rite un plaisir différent, comme dans un miroir des images nouvelles.

XVII

Des gouttes de pluie tiède tombent lourdes, il fait incroyablement chaud. L'orage ne vient pas, glisse vers Saint-Nicolas. Sur la piste de danse il y a trop de bruit, et les acteurs de ce soir-là se croiseront dans un vacarme sans paroles. Les regards se prolongent, les gestes restent suspendus — c'est la fin de la danse, et la prochaine ne dira rien de plus. Alexis danse avec Sylvie. Ce ne peut être qu'Alexis, cheveux au vent d'un blanc immaculé, barbe longue, vareuse blanche ouverte sur une poitrine broussailleuse. Masque énergique, beau visage quadragénaire de divinité marine, déhanchement discret, désabusé, de l'habitué des boîtes de nuit où l'on se frôle. C'est bien Sylvie, cheveux épars, chemise indienne mauve, jean noir, regard absent sous l'œil des villageois qui s'attablent au café — c'est la première danse, et si les Red Angels déploient leurs sortilèges électriques, la piste reste presque vide.

Alexis et Sylvie... Étrange couple, et je m'étonne de ce manque de surprise en moi — comme si ce balancement distant semblait venir de loin.

Marine a pris ma main, et nous avons longé le petit mur où les danseurs attendent. Au café de plein air, autour des tables rondes peintes en blanc, les clans de Labastide se resserrent. Il y a les Martinez, disséminés aux quatre coins de France toute l'année, qui se rassemblent sans faillir le premier jour de fête. On les regarde ; ils sont gais. Tout à l'heure, ils danseront en cercle, et leur joie claire me fera si mal... Il y a l'ébauche de mon clan, rétréci et discret : l'oncle Paul, Catherine et Marie — près d'eux, trois chaises vides, et mes yeux cherchent un autre cercle, encore flou.

— Hélène est là, me crie Marine.

Tout de suite, je la devine et je la vois, près du plus gros platane, en bout de piste, assise près d'André qui semble très à l'aise, un pull noué sur ses épaules. Il se penche vers elle, pour l'inviter, peut-être. Elle répond en souriant, mais ne se lève pas, ne se tourne même pas vers lui ; son regard est ailleurs, vers les danseurs ou bien plus haut que les guirlandes. Elle fume gravement, belle, un peu hautaine, blonde infiniment ; cheveux nattés relevés en chignon, chemisier de crépon écru, jupe longue vert pâle. J'hésite au bord du cercle. Dans la musique martelée, cette tension des faux regards absents, des faux regards discrets, l'évidence des cercles et la main de Marine dans la mienne...

Marine qui conduit, Marine qui m'entraîne. Sa main s'est échappée. Elle marche vers Hélène, et je la suis. André connaît Marine, mais rien ne me surprend, je flotte. Pendant qu'elle lui serre la main, seconde étirée de silence, le sourire amusé d'Hélène, mon sourire hésitant...

— Tu sais, Hélène, c'est Stéphane, mon ami de la Garonne...

André me jette un regard interdit. C'est à moi de parler, de bredouiller très fort de vagues explications, mon vague étonnement, la phrase toute faite sur le bruit insoutenable. Et puis très vite et lâchement battre en retraite, au diable ce malaise et leurs sourires.

Marine a tout compris, reprend ma main :
— Je viens avec toi. Je peux, Hélène ?

Et la voix grave enfin d'Hélène, et cette douceur lente d'un regard mordoré qui caresse Marine avant de s'attarder sur moi :

— Tu peux. Vous viendrez prendre un pot avec nous, après le feu d'artifice ?

Ils se connaissent tous et l'on prendra un pot. Il me faudra parler ; l'idée ne me réjouit pas trop. Tout redevient social, après quelques secondes de vertige.

L'oncle Paul et Marie reviennent de la piste. Ils se sont risqués pour un paso doble qui sera la seule danse de leur soirée, un peu de leurs vingt ans retrouvés.

— Ah ! voilà Stéphane, lance Catherine, qui a mis sa robe grise du dimanche et son col de dentelle. Qui c'est, cette petite ?

Et Marie l'interrompt :

— Mais la petite de là-haut ! qui veux-tu que ce soit ? Bonsoir, Mademoiselle !

Marine ne sait trop sur quelle timidité danser ; j'essaie de dissiper sa gêne en parlant de Garonne, de mon inséparable amie de pêche... Gentiment, l'oncle Paul la met à l'aise, et d'un coup d'œil il nous désigne les chaises pliantes :

— Asseyez-vous, il y a de la place !

L'oncle Paul, Catherine, Marie : leur présence me fait du bien ce soir. Par eux, je fais partie d'un cercle. C'est bon d'être près d'eux le spectateur comme autrefois de ce vertige de la fête. En retrait, dans le parfum collant d'un peu d'Orangina renversé sur la table.

— Qu'est-ce que tu prendras, petite ?

L'oncle Paul a commencé son rôle de grand-père. Je peux enfin glisser dans le confort d'un rêve entre deux eaux. Sur les rythmes d'acier, le sol s'envole. Je regarde les filles d'aujourd'hui. Elles ne sont plus en robes claires, elles ne tournoient plus. Mais toujours fraîches et brunes, et la danse les fait lointaines, dans la feinte raideur des gestes de leur temps. Elles ont cette lenteur oblongue de Garonne et la sauvagerie des coteaux secs ; leur danse douce-amère est comme un fruit cueilli juste un peu tôt, qui mêle à l'abandon sucré la fraîcheur âcre de l'airelle. Je les aime comme autrefois, pour le silence et pour le temps qui passe, et le tempo s'inscrit dans la ligne fragile de leur corps. Elles ont ces regards tristes des voyages oubliés, visages de l'ailleurs pour un inutile départ... Comme si rien n'avait changé... Les jours étaient couleur des robes claires de l'été, l'été s'enroule autour des filles longues. Oublier la surface, et les vies qui se mêlent, oublier ceux que j'ai perdus, ce qui me reste... Flotter, oh flotter seulement dans la mélancolie de ces filles nouvelles. Marine est près de moi, dans le silence Orangina. Le vieux Delvoles, assis sur le mur des danseurs, sourit de son sourire vague de la fête. Il est très malheureux, ou simplement content. Cela n'intéresse personne, et je le vois pour la première fois. Il y a de la musique, des regards, et l'apparence des années ; le temps s'efface à trop se ressembler.

Au-dessus de la piste, les ampoules bariolées ne tanguent plus, le vent s'est arrêté. Il doit pleuvoir, là-bas, au-delà de Garonne. À Labastide, c'est la fête. Sur la Nationale, les voitures ralentissent ; on voit des têtes se pencher à la portière, happer quelques secondes de rumeur. Maman posait son cardigan sur ses genoux : je m'endormais dans cette laine bleue profonde, aux accents de l'accordéon. Le grand orchestre de Popaul Francazal venait de Gandalou, comme les Red Angels. Je m'endormais dans la nuit de la fête comme un puits.

— Tu me réveilleras pour le feu d'artifice ?

Et tout était plus effrayant, un peu plus rêche, un peu plus doux. J'avais la laine et le sommeil, et les ampoules bariolées pour ciel de lit — comme la nuit me semblait noire, par-dessus ! Je m'endormais dans l'oreiller de laine et la couverture de nuit...

C'est ma dernière fête, et je n'ai plus beaucoup de laine, et plus beaucoup de nuit.

Marine bâille, et l'oncle Paul la prendrait bien sur ses genoux.

— C'est bientôt, le feu d'artifice ?

Il ne me reste rien qu'une chanson lointaine, Marine et les étés...

XVIII

Marine prit ma main pour le feu d'artifice. Près d'elle un peu grand frère, je vis le clocher tranquille de Labastide s'illuminer de vert phosphorescent, d'un bleu mêlé d'or blanc, de nuages de fumées roses. À chaque détonation sèche du bouquet final, elle serrait ma main plus fort. Quand le silence retomba, elle chercha des yeux le groupe d'Alexis. Je la suivis, à la fois intrigué et comme résigné à un rite social qui venait déranger ma solitude. La glaciale beauté d'Hélène m'impressionnait un peu, et la renommée d'Alexis — un monde différent du mien, plus bourgeois, plus artiste, qui venait habiter les châteaux oubliés, quand le mien ne savait qu'abandonner les maisons toutes simples où le bonheur avait tenu. D'avance je leur en voulais de s'être installés au Bouscat, que mes rêves d'enfance effleuraient seulement. D'avance j'en voulais à Sylvie, à André de cette familiarité avec des étrangers si riches de pouvoir, si pauvres de passé. En même temps, je comprenais Sylvie de vouloir pénétrer dans le domaine interdit d'autrefois, de prolonger ainsi nos jeux et nos images. Moi-même...

Je vis Hélène s'approcher, légère et souriante.

— Stéphane, nous aurions plaisir à faire votre connaissance. Depuis que Marine et Sylvie nous parlent de vous...

Le bal avait repris, plus électrique et martelé qu'en début de soirée — après le feu d'artifice, la tradition voulait que les parents laissent la place à la jeunesse. Hélène semblait hésiter :

— Mais ici c'est un peu bruyant. Si la marche ne vous fait pas peur, nous pourrions peut-être passer un moment au Bouscat ?

L'idée ne me déplaisait pas. Notre petit groupe prit donc le chemin du curé, au-dessus de la place. Bavarde avant le presbytère, notre marche se fit plus silencieuse avec la pente raide vers Saint-Jean, entre les vignes et les bois secs. Sylvie échangeait quelques mots avec Hélène — il était question de promenade à cheval, d'une jument de trois ans achetée à Valence par M. Sorno. De là sans doute était née cette intimité entre ceux du Bouscat et ma cousine. Dans la nuit chaude, les parfums de colline montaient de la terre à peine mouillée par l'averse du soir. Buissons de mûres, odeurs sauvages d'herbes sèches, de genévriers, de figuiers ; ici ce n'était plus cette douceur offerte de Garonne, mais un domaine un peu plus âpre. Alexis et André se taisaient près de moi — la gêne montait à nouveau, après cette chaleur artificielle des premières phrases.

Je ne vis pas grand-chose du Bouscat ce soir-là. Alexis proposa un verre sur la terrasse. On envoya Marine se coucher. Par un escalier extérieur rebâti depuis peu, on m'invita à monter vers ce rêve interdit de mon enfance. Terrasse du Bouscat, Casa Lampedusa, mystérieuse élégance, saveur sucrée de l'air, ondes vibrantes des cris de grillons dans le noir, au loin lumières éparpillées de la vallée — Moissac, Saint-Nicolas, Castel... Je n'étais pas déçu ; l'air portait bien ici la marque d'une histoire, le charme des conversations anciennes retombées dans la paix de la nuit, musique des phrases italiennes chuchotées. Terrasse immense de temps arrêté, avec dans le plaisir parfumé de l'instant toute la paix des nuits d'été.

Nous nous étions assis en tailleur sur le sol. Sylvie sortit des cigarettes. Pour dissiper le silence un peu lourd qui s'installait, Hélène raconta comment elle avait rencontré Sylvie, un soir, en allant chercher le lait chez les Sorno, comment elles avaient sympathisé tout de suite en parlant de chevaux. Depuis, elles sortaient ensemble pour de longues promenades équestres au bord de la Garonne. André les accompagnait quelquefois.

— J'aime beaucoup la lumière de la Garonne, les allées de peupliers, c'est très doux. Mais je crois qu'Alexis est plutôt comme Sylvie. Il préfère le monde des collines.

Sur une table basse, Alexis coupait des citrons verts pour un punch.

— Ah ! l'éternel problème des deux côtés de Labastide, s'exclama-t-il en souriant.

Puis, se tournant vers moi :

— Hélène a raison. Je suis un peu comme votre cousine. J'ai un penchant pour l'univers de la colline. Il y a un côté minéral, une luminosité dure, impitoyable, qui est une leçon pour moi, pour ma peinture, quelque chose de très exigeant qui correspond à ce que je voudrais traduire. Mais j'en suis loin encore, ajouta-t-il après un court silence, en mesurant les rasades de rhum blanc.

— Et vous, Stéphane, m'interrogea Hélène, quel côté préférez-vous ?

Je n'avais pas envie de me livrer, mais l'assurance d'Alexis me dérangeait, sa certitude d'avoir d'emblée trouvé la clé de ce pays qu'il ne connaissait que depuis quelques mois. D'une voix mal assurée d'abord, peut-être un peu trop véhémente ensuite, je me mis à parler de la lumière d'émeraude du canal, des ciels gris de septembre sur les plages éblouissantes des galets de Garonne, de la brique rose-orange mariée au vert profond, pyrénéen, du pin parasol devant les maisons. Au fil des mots, j'oubliais peu à peu tous ceux qui m'entouraient ; il me semblait que je me révélais à moi-même un monde courbe et doux, celui d'une Aquitaine à la fois simple et secrète. Pour la première fois, je me sentais jaloux de ce pays qui ne m'appartenait qu'à peine.

Des mots venaient, que j'attendais sans doute sans me l'avouer. Des mots venaient, encore maladroits, et avec eux l'envie de les tenir dans le creux de ma main comme un galet oblong et chaud, que l'on caresse en effaçant la vase sèche, sans trop serrer les doigts ; des mots galets de la Garonne usés paisiblement par le passage des années, par la fraîcheur de l'eau.

— C'est drôle, dit Sylvie, regard noyé dans le bleu de sa cigarette, c'est drôle de t'entendre parler de tout ça ici, ce soir.

Elle avala une longue bouffée :

— Quand on était petits, il y avait déjà toutes ces différences dans notre façon de voir le pays, les vacances, mais en même temps je crois qu'on vivait vraiment la même chose.

Sylvie avait raison. C'était un peu étrange, cette envie de prolonger avec des mots ce qui avait toujours été sans dire, les escapades de grand-mère et de Sylvie dans les chemins cachés de la colline, complicité, légers sourires entre elles pendant le repas — et moi petit garçon, jaloux de les sentir si proches et si sauvages, déjà si consolé par un bonheur amer et solitaire au bord de la Garonne. Dans les silences d'autrefois dormaient les chemins séparés de nos enfances. Nous n'étions pas vraiment ensemble, et nos regards déjà... Mais grand-mère était là ; nous lui prenions la main ; l'enfance tenait ronde au creux de son jardin.

Des voix montaient à petits coups sur la terrasse du Bouscat, dans ce bien-être presque abstrait des nuits d'été qui se ressemblent. Du vacarme de la fête on n'entendait qu'à peine une rumeur estompée dans l'espace. « Comme on est bien ! » Quelqu'un l'a dit, ou chacun l'a pensé dans un petit îlot dégusté de silence. Comme en écho lointain aux paroles de Sylvie, Hélène reprit :

— C'est vrai. Les enfants ne disent jamais vraiment tout ce qu'ils sentent. On partage leur vie, mais c'est un peu une illusion.

— Tu parles pour Marine ? lança Alexis.

— Oui, je pense à Marine, à tous les enfants aussi, je crois.

Et se tournant vers moi :

— Comment avez-vous fait, Stéphane, pour gagner la confiance de Marine ? À nous, elle ne dit rien, ou presque. Elle s'enferme des heures. Elle dit qu'elle dessine, mais elle ne veut rien nous montrer.

Un peu gêné, je tentai de minimiser cette amitié un peu étrange qui naissait au fil des jours d'été. Mais de même que les paroles d'Alexis m'avaient presque conduit à me révéler à moi-même le pouvoir de Labastide, de même la question d'Hélène faisait affleurer tout ce que Marine représentait déjà, fragile équilibre de tendresse entre confidence et secret.

Au loin dans la vallée les villes taches de lumière tremblaient doucement. Un petit souffle de vent parfumé balayait la terrasse. J'avais assez parlé pour goûter sans remords le plaisir de me taire. Ne plus penser à rien. Odeur de rhum blanc, de cannelle, demain encore un jour de fête. Mais quelque chose commençait dans la nuit chaude, un appel étouffé que mes paroles trop précipitées sur Labastide n'avaient fait qu'effleurer. Déjà, je me sentais guetteur au-delà de moi-même. Des mots m'attendaient quelque part, douloureux diamants prisonniers de leur gangue ; Marine voulait quelque chose, je ne savais pas vraiment quoi. Je n'imaginais pas encore les mots ; mais je mêlais déjà à la saveur mélancolique d'un dernier été ce lancinant désir d'une tendresse informulée, d'une parole de Garonne à inventer.

XIX

Les fêtes d'autrefois me promettaient un programme infini, inépuisable succession de bonheurs trop rapides. Chacune des étapes était vécue dans la fièvre de la suivante. Sur le bord du canal, les pescofis[1] du matin ne m'intéressaient pas ; déjà, j'imaginais les avatars acrobatiques de la course au canard, qui suivrait le concours de pêche. Mais elle s'effaçait de même au moment de paraître ; j'oubliais les plongeons maladroits pour les images autrement flamboyantes de la course cycliste de l'après-midi. Je n'avais pas encore de montre ; le temps m'obéissait. Les cinq francs d'argent de poche qu'on m'avait donnés, il suffisait de les garder, d'attendre pour les dépenser que les vieux Ramirez commencent à ranger le stand des jouets, à arrêter les

1. Pescofi : fin pêcheur, en patois.

balançoires. Alors, effrayé d'arriver trop tard, j'achetais un camion qui ne me plaisait pas, manquais deux fleurs à la carabine, sans prendre le temps de viser. Tout au long du dimanche, du lundi, j'avais senti dans la poche de mon short la belle rondeur intacte de ma pièce de cinq francs : la fête préservée, prolongée, infinie. Le temps de fête était un temps de fuite, vertige savouré. Je ne savais rien du plaisir, et le plaisir dansait, toujours plus loin, recommencé dans son prochain mirage... Mais la dernière fête...

Il ne m'en reste rien. J'ai dû vouloir allonger le présent, garder toutes les images, comme autrefois ma pièce de cinq francs... De ce dernier concours de pêche, je retrouve à peine la lumière tamisée, tremblante sous les branches des platanes. Sur le chemin de halage, les gens devaient parler doucement, faire cercle autour du vainqueur présumé — on le reconnaissait toujours à sa façon de murmurer brièvement son numéro à chaque prise, ridiculisant les pompeux « contrôleur, un poisson ! » des pêcheurs néophytes. Marine n'était pas venue. Toute la matinée, j'ai dû errer de connaissance vague en cousin éloigné, répondre à des condoléances, et perdre l'air du temps...

À midi, un repas de famille nous réunit dans

la trop blanche maison neuve. Catherine et Marie avaient bien fait les choses, sorti l'argenterie, et commandé la coque parfumée à la fleur d'oranger. Mais tout cela manquait d'enfants, et le plaisir des traditions ne pouvait résister dans cette odeur douceâtre de peinture fraîche. De la cuisine à la salle à manger, les gestes de Marie me rappelaient des gestes un peu plus ronds, un peu plus chauds — un peu plus de fraîcheur dans les carreaux du tablier, un peu plus de douceur dans le chignon tiré sur un front lisse.

Catherine m'entretenait des ragots du village, s'interrompait sur des demi-silences évocateurs ; mais je ne devais pas ranimer d'une curiosité assez gourmande ces révélations esquissées sur les rapines du fossoyeur Mouriel ou les disputes conjugales de leurs nouveaux voisins Bassacq. Elle finit par se taire, et plus d'un ange s'attarda sur le gigot-haricots verts.

Je tentai plusieurs fois de lancer Sylvie ou André sur le Bouscat, mais je n'eus droit qu'à de vagues considérations admiratives sur la maîtrise picturale d'Alexis, qui exposait partout dans la région.

— Ça fait quand même du bien de voir des gens qui changent un peu, à Labastide ! lança Sylvie.

Mais sa phrase enthousiaste ne reçut qu'un

assentiment bien vague, et l'on changea de sujet.

Sylvie avait toujours rêvé de la colline. Ses marches enfantines aux côtés de grand-mère, je les avais connues ; et je devinais bien ses solitudes adolescentes dans les broussailles et le soleil. Petite fille, elle revenait, genoux ensanglantés sous sa jupe écossaise. Le soir, entre deux pages de *Crin Blanc*, elle me lançait :

— Tu sais, je suis allée toute seule au Bouscat !

Je haussais les épaules et je lui en voulais — avec Michel, nous avions dû subir l'aventure étriquée de la baignade familiale. Tout l'après-midi, Marie avait demandé d'un ton excédé — mais la fierté perçait sous la colère : « Enfin, où est passée Sylvie ? » Elle était de la race des superbes, faits pour désobéir et pour se moquer du pardon... Et moi, le petit garçon sage des bouquins, je savais bien un autre monde, au-delà des collines, tout un chemin d'ailleurs qui commençait dans les broussailles du Bouscat.

Sylvie avait changé, sans doute, et grand-mère me l'avait dit. Mais on ne change pas d'enfance, et les châteaux d'hier veulent se ressembler quand on y croit.

L'après-midi passa très vite. Il faisait beau. Sylvie et André s'excusèrent : ils avaient projeté une promenade à cheval jusqu'à Saint-Nicolas. Avec l'oncle Paul et Michel, nous partîmes sur le circuit. La côte du château d'eau par trente-cinq à l'ombre, j'en savais chaque virage, et j'aimais tout de ce folklore : la voiture des officiels inutilement pressée fonçant dans un nuage de poussière, à grands coups de klaxon, et lâchant derrière elle des casquettes Ricard d'un jaune anis ensoleillé, ce bruissement aérien des vélos-course et la chanson acidulée des maillots rutilants, tout ce déhanchement félin dans l'odeur du goudron et de la menthe fraîche. Au fil des tours, les lâchés ahanaient, et nous les gratifiions d'une poussette fugitive. Depuis longtemps, l'oncle Paul ne m'avait semblé si léger. Vers cinq heures, nous atteignîmes le sommet de la colline, heureux et suants. J'avais même échangé des coups de poing avec Michel, et des ébauches de poursuite — dans les gestes naïfs de ce chahut, une complicité ancienne remontait.

À l'ombre du cèdre géant, tout en haut de la côte, Marine solitaire encourageait les coureurs égrenés. Elle nous emboîta le pas, ravie, glissant des herbes promeneuses dans les manches de l'oncle Paul ; il nous manquait ce petit vent d'enfance. La fête commençait au moment de finir, sur la voix fraîche de

Marine. Bientôt, il n'y eut plus de coureur. Marine se tourna vers moi :

— Demain, on pourrait aller faire un tour à vélo dans les collines ? Y en a un peu assez, de la Garonne. T'as qu'à passer me prendre quand tu veux. Faut que j'rentre, ils m'attendent...

Il n'y avait rien à répondre. Marine nous quitta, reprit la route poussiéreuse du Bouscat...

Ses cheveux dansent. Elle court en robe blanche, et c'est le vent de fête qui s'en va. La route redescend dans le silence. La joie de l'oncle Paul est tombée d'un seul coup. Je n'irai pas au bal, ce soir. Marine danse ailleurs. Elle doit grimper tout essoufflée les marches du perron. Personne ne m'attend. J'aimerais tant être en retard, grimper tout essoufflé les marches du perron... La fête est tombée de mes mains ; à petits pas désenchantés nous descendons la route tiède. Marie m'invitera pour le repas du soir « Il n'y a que des restes ! » — et le silence gagnera jusqu'aux indiscrétions de Catherine. Gigot froid, carreau glacé de la cuisine. On gardera la nappe de midi, tachée — « C'est ta pauvre grand-mère qui l'avait brodée ! »

Je n'irai pas au bal, ce soir. Mais dans le jardin d'en bas retrouvé, la rumeur de l'orchestre... Il y aura tant d'étoiles, et rien ne change aux ciels d'été ; mais la rumeur du bal comme une vague qui s'apaise, et ce silence entier, soudain, au milieu de la nuit. Les notes suspendues de la dernière danse, dans ce parfum mêlé d'herbe mouillée, de cigarette douce-amère. Enfant, j'avais le droit, parfois, de dormir au jardin ; près du prunus, je m'enroulais dans des couvertures usagées qui sentaient bon la naphtaline. Dehors, c'était la steppe, et je plongeais, grognard, dans un sommeil promis à la bataille de Moscou. Au petit matin, le froid m'éveillait ; je restais là, transi, dans les couleurs de l'aube et la mouillure du jardin, courbatu, émerveillé. Pour rien au monde je n'aurais quitté cette avant-garde de l'ailleurs. Alors, ce soir, je resterai jusqu'au petit matin, de cigarette en cigarette. Du noir au bleu, le ciel s'inventera tout un chemin de transparences ; un jour, ailleurs, il faut bien regarder, attendre... Un jour la neige retrouvée dans les nuits de l'été.

XX

Déjà les ombres s'allongeaient sur nos maraudes buissonnières. Les jours un peu plus courts nous éloignaient de la lenteur étale de Garonne, de l'été rassurant et qui ne passe pas. Au-delà du Bouscat, des routes de poussière couraient dans les coteaux, et l'on pouvait presque se perdre... Il y avait des villages, et des fontaines sur les places au creux de notre soif ; et puis des hameaux si petits, si proches du silence, avec des pierres blanches éblouissantes ; nous laissions les vélos pour la fraîcheur d'une chapelle abandonnée, et de l'ombre au soleil nous repartions, des taches de vertige au fond des yeux. Les freins du vélo de grand-père grinçaient dans les descentes longues vers Saint-Paul ou Saint-Vincent. Marine mettait pied à terre dans les côtes trop dures vers Piac ou Saint-Jean-de-Cornac.

Entre ces noms si familiers, chaque jour

inventait une route nouvelle, un regard inconnu. « Dis donc, tu t'en doutais, qu'on retrouvait la route de Lalande, en passant par là ? » Et les collines s'échappaient, recommencées dans un autre chemin, une lumière un peu plus grise, la tragédie d'un pneu crevé qu'on réparait sous le soleil, et le goudron collait aux espadrilles. Goudron collant, heures fondues. Marine en pull et puis en tee-shirt blanc. Dans les vignes penchées, le chasselas se dorait lentement. Marine en croquait bien trop tôt les grains amers.

Nous revenions à l'heure creuse de midi vers le Bouscat, souvent très en retard, et sous prétexte d'excuser Marine je l'accompagnais. Hélène nous accueillait, sourire en coin :

— Ce n'est pas grave, vous savez. Ici, on ne mange pas à heure fixe.

On ne voyait guère Alexis. Il travaillait, dans cette chambre reculée, transformée en atelier, dont Marine m'avait parlé. Hélène était très belle et parlait peu. J'aimais la gêne et le silence de ces moments-là. Dans la pénombre fraîche du Bouscat, je flottais, interdit. Ce n'était plus le palais déserté de mon enfance. Les vieux murs salpêtrés disparaissaient sous d'immenses toiles abstraites, grands panneaux blancs tachetés, balafrés de noirs et de gris. Il aurait fallu savoir dire quelque chose, et je n'en disais rien. Partout des tables basses, des coussins, des livres éparpillés étalaient savamment un art de vivre à ras de terre, et je me sentais bien profane.

Parfois j'accompagnais Marine sur la terrasse brûlée de soleil. Là où les Guarini, premiers propriétaires du Bouscat, ne devaient venir que le soir, parler à petits coups dans leurs habits guindés, Hélène regardait le temps passer au soleil des collines éblouissant la pierre d'autrefois. Elle nous entendait monter ; nous la trouvions debout, enfilant sans hâte un long peignoir d'éponge parme. J'entrevoyais son corps distant qui ne me gênait pas.

Hélène m'invitait de temps en temps à déjeuner. Nous mangions des couleurs sur une table basse, salades de tomates et d'oignons doux, assis en tailleur sur le sol, dans cette grande salle où j'avais tant rêvé, si près des chiens sauvages de Laurent Lacombe. Je ne craignais plus rien que le silence.

C'était Marine qui parlait, le plus souvent. Elle racontait nos aventures minuscules du matin. Hélène disait, pour la forme :

— Il faudra que je vous suive, un jour !

La lumière d'été nous venait assourdie, par les persiennes entrebâillées des immenses portes-fenêtres. La poussière dansait dans les rais de soleil. Alexis nous rejoignait pour le café ; nous discutions trop librement de sujets insipides, la vie à Labastide ou ce projet de barrage sur la Garonne.

Sous la nonchalance des gestes glissait, de Marine à Hélène, de Marine à Alexis, une gêne furtive : absence de regards, quand Marine savait si bien vous regarder en face, et plonger droit au creux de vous. Absence de paroles, ou profusion, mais alors comme un chant fêlé, une course-poursuite où le regard ne venait appuyer les mots qu'à contretemps.

XXI

La chambre de Marine domine la falaise, en regardant Moissac. Il est trois heures de l'après-midi ; plus tard, peut-être. Alexis fait la sieste, dans son domaine, à l'autre bout du Bouscat immobile, bateau blanc de soleil pour une improbable partance. Hélène est remontée sur son promontoire brûlant. Le soleil sur son corps a dépassé l'ennui, le temps n'existe plus pour elle.

La chambre de Marine est trop grande pour une petite fille. Des murs peints à la chaux, une armoire normande haute et sombre, très peu de jouets, un immense bureau jonché de feuilles et de bouquins. Un balcon solennel, et là-bas la vallée ; tout au bout des champs de peupliers la Garonne s'étire, argentée de soleil.

— Est-ce que tu sais dessiner les colonnes doriques ?

Marine a déplié sur le patchwork du couvre-lit la frise interminable de la ville. C'est très beau, et fragile ; le tracé du crayon si léger qu'à plus d'un mètre on ne distingue rien. Une bataille navale et cinquante galères tiennent en dix centimètres. Il y a des noms imperceptibles ; des dates se détachent sur le ciel de Trabinia.

— Je croyais que c'était une ville romaine ?

— Non, pas vraiment. Je sais, Trabinia, ça fait plutôt romain. Mais c'est ma ville ; c'est grec et romain, et tout ce que tu veux...

Et puis après une légère hésitation :

— Tu sais, je l'ai jamais demandé à personne ; mais toi, j'aimerais bien que tu dessines quelque chose.

Je dessine très mal, mais ce n'est plus le temps de reculer. Les barbares d'Asie ont envahi la calme Trabinia. Ils ont renversé les statues, peuplé la ville d'animaux bizarres, rempli les temples d'or et de fourrures. Le nouveau roi Mungane se promène dans la ville sous un dais flamboyant, porté par quatre esclaves. Je complète modestement la procession esquissée par Marine, à coups de léopards dociles enchaînés, d'escorte hiératique et emplumée.

Marine a pris un livre et s'est assise en tailleur dans un coin.

— Je veux regarder seulement quand tu auras fini. Ça n'a pas l'air d'avancer vite, dis donc !

Ça n'avance pas vite. Mes dessins sont un peu trop grands ; on ne peut pas gommer sans abîmer la feuille. Les léopards ont l'air de gros chiens tachetés. Et dans le creux de ce début d'après-midi, sur le silence du Bouscat, les gestes minutieux poursuivent le dessin sans y penser vraiment, des images se croisent et s'interrogent.

Qu'est-ce que Sylvie peut bien venir chercher ici ? De quoi parle-t-elle avec Hélène ?

Elles se croisent en moi, la dame longue sans passé, la petite fille oubliée. Hélène alors serait comme une autre Sylvie, qui n'aurait pas couru les chemins d'eau, les jeux d'épine et de poussière. Mais non. Elles ne se fondent pas, s'ignorent, parallèles.

Je reconnais Sylvie. Elle ne ressemble pas vraiment à celle qu'elle est devenue. Je ne la saisis pas dans la petite fille d'autrefois, la femme d'aujourd'hui. Elle est le temps fuyant qui l'a menée de l'une à l'autre, ce miracle changeant des étés disparus. La jeune fille. L'enfance qui s'échappe et cherche une autre enfance, un peu trop loin.

Cette deuxième enfance-là ne se possède pas. On la frôle parfois, des soirs de pluie d'été, un pas sur le gravier. On va chercher le lait. La jeune fille est là, tout près. Son pull sent la laine mouillée ; on voudrait s'effacer pour mieux la voir passer sur les chemins trempés, légers, qui mènent aux soirs d'étable et de lait chaud...

— Alors, tu dessines le crayon dans la bouche ? C'est une nouvelle technique ?

— Non, j'ai fini. J'ai fait ce que j'ai pu, mais ce n'est pas terrible !

— Termine au moins ce léopard, il lui manque une patte !

Marine ne semble pas trop déçue — elle ne devait pas s'attendre à des merveilles.

— Ce n'est pas si mal. Tu dessines un peu gros, mais pour un début...

Dehors, le ciel s'est fait tout gris, je n'ai pas vu le temps changer. Il pleut sur le balcon de grosses gouttes tièdes au ralenti. Odeur des marronniers. Marine a repris son roman.

— *Le Monde perdu*, de Conan Doyle, tu connais ? Ça fait un peu peur.

Il pleut si doucement sur lecture enchantée, sur château endormi, sur océan silence.

XXII

Sur la route déserte de l'après-midi, je redescends songeur vers l'ombre chaude du jardin, la paix du magnolia. Depuis longtemps j'ai laissé tomber mon roman. J'écoute la maison ; des mots faciles à la surface de l'été coulent sur le silence. J'écris des presque rien, sur les groseilles ou le chat du voisin, qui vient me rendre des visites sournoises, étirer son ennui le long des framboisiers. Le temps est passé doucement des derniers abricots ; il pleut souvent, et je m'allonge moins dans l'herbe haute. J'ai installé sous le prunus la table ronde de cuisine ; comme autrefois, la tête ailleurs, j'écris mes devoirs de vacances, et Sylvie n'est plus là pour me demander la solution des problèmes, en douce, sous la table. Parfois je sors ma boîte d'aquarelle, et c'est le bonheur des pinceaux, de l'eau dans un pot de yaourt en verre ; de l'eau si claire et puis qui se nuage lentement de tons pastel, se trouble, s'assombrit, et tourne au noir fumée, au rouge un peu cerise : et je regarde l'eau changer. Mes feuilles de papier trop mince se gondolent. Je peins très mal d'imaginaires bords de Garonne délavés, des peupliers jaunis. Il y a une palette argent, pour le ruban du fleuve ; mais les reflets sont plats, dans l'argent détrempé qui se grise sur le papier. Le temps s'allonge au fil des patiences de l'après-midi. Marine dessine au Bouscat. Chez moi, c'est un autre silence, et la chaleur orange vient d'un peu plus loin. Dans la lenteur offerte du jardin remontent une sagesse d'autrefois, des phrases suspendues :

— Je ne veux pas vous voir jouer avant quatre heures... Occupez-vous tranquillement... Lisez, dessinez... Il y a quarante à l'ombre... Vous jouerez après le goûter...

Douceurs croisées des voix perdues. Le grand soleil d'absence les ramène calmes et tutélaires à l'ombre étale du prunus.

Je me souviens de la fraîcheur dansant le long des canicules : le coton un peu rêche de la robe de maman, rose pâle aquarelle ; et d'aquarelle mauve et bleue grand-mère en tablier. Fraîcheur, le verre d'eau sucrée à la fleur d'oranger, fraîcheur le livre blanc glacé, sur le banc le chapeau de paille.

Je ne saurai jamais dans les hasards de l'aquarelle ou le velours des mots saisir cette lenteur de mon pays de tuiles courbes et de silence. Cette clé-là me manque, au soleil de l'après-midi ; elle ouvrirait des portes oubliées, au domaine d'enfance. Bien au-delà des voix perdues, je suis de ce pays secret, dans la douceur oblongue d'Aquitaine. Car ce n'est plus Toulouse, et ce n'est pas Bordeaux. Loin du charme éclatant des capitales, la brique y est moins rose, et le vin plus léger. Ce sont les grandes allées de cèdres ou magnolias, devant les fermes sages de la vallée blonde. Un immense pin parasol caresse le toit, et protège. La porte s'ouvre au clisquet[1]. Quand on s'en va, on fait semblant de le cacher sous une pierre plate, mais les fenêtres ne sont pas fermées. Il y a des palmiers nains, le flamboiement discret des pourpiers, un exotisme contenu aux limites de la décence. Et tout est plat, le seuil usé, la maison allongée, et tout est vert foncé, orange pâle.

L'eau vient de la Garonne. On la disperse en gouttelettes de lumière sur les vergers de pêches et prunes d'ente.

Il y a, dans les petites villes alanguies de

---

1. Le clisquet : pièce métallique permettant de soulever la tringle qui condamne une porte.

chaleur, des visages romans, ovales doux des regards étirés d'une mélancolie sereine, dans les ruelles de Castel et sur les places de Moissac, modernes Jérémie qui ne seront jamais prophètes et vont à la Targa pour travailler le caoutchouc. Il y a les ombres vertes du canal, et les volets se ferment, et les enfants s'ennuient. Les fêtes sont passées. L'été descend, dans le courant imperceptible du canal, et sous l'arceau tranquille des platanes, les péniches au ralenti ne rêvent pas la mer. Domaine en creux des eaux si lentes, et qui s'écoulent à regret vers un ailleurs déçu.

Le pinceau à la bouche, je ferme les yeux. C'est l'heure de la sieste, et tout me vient, à l'ombre des paupières. Bonheur étale je revois les brûlantes moissons du temps où l'oncle Paul était encore paysan. Il y avait de la soupe en plein midi, et la poule farcie épaisse et jaune. Mon père transportait les sacs de quatre-vingts kilos, et Catherine répétait : « Pour un instituteur, il a le coup de main ! » Michel montait sur le tracteur, et je suivais à pied la moissonneuse qui m'éclaboussait de balle de blé chaude. Le soir, on sortait la table de ferme dans la cour, on mangeait tard, il faisait bon. La nuit venait sur des voix rocailleuses qui parlaient de régiment, et je tenais le monde entier : douceur les genoux de maman, beauté sauvage de Sylvie de l'autre côté de la table, et les voix mâles qui disaient des aventures terrifiantes. Je n'aurais pas donné ma sagesse pour un empire, et les étoiles en ciel de lit.

Quand ils « montaient » chez nous, dans les écoles de banlieue où mes parents s'étaient expatriés, les gens du Midi débarquaient avec de délicieux bagages d'osier mince. Je me souviens de leurs silhouettes interdites, sur les quais d'Austerlitz. Ils apportaient de la saucisse fraîche, des fritons, et de la confiture de pastèque, couleurs qui me disaient la chanson de Garonne.

Moi je ne savais pas que tout changeait déjà, que je vivais les dernières moissons de fête — que bientôt les cousins ne monteraient plus à Paris. C'était l'île d'été, c'était l'île d'enfance. Le temps ne passait pas. Il faisait beau. Les gestes chauds se ressemblaient, et le bonheur, de vacances en vacances, dans les rites de la moisson.

Je suis seul, c'est l'après-midi, et le soleil à l'ombre des paupières pèse un peu trop lourd de ce monde perdu dans la même lumière. Absence les étés, absence la douleur... Il fait beaucoup trop chaud... Après quatre heures... Après le goûter seulement... Vous avez bien le temps...

XXIII

Le mois d'août s'étirait. Pas de nouvelles de Paris. Que restait-il de cette vie d'hiver, des lampes orangées, des cafés sur les quais ? Tout ce pouvoir d'oubli ne m'inquiétait pas trop. Tant de vies se croisent en nous, tant peuvent s'effacer. J'avais vécu longtemps d'une vie qui ne comptait guère. Discussions dans les cafés, très tard ; cinémas, Quartier latin, ces rires ostentatoires à chaque chute de Charlot. Toutes ces choses insupportables et que je supportais trop bien : parler, faire semblant d'écouter... Et puis la solitude enfin, et les rues âcres du petit matin. Paris bleu de mélancolie, les poubelles entrechoquées, les touffeurs du métro...

Il y avait désormais de merveilleuses journées grises. De lourdes pluies d'orage fraîchissaient la nuit. Un matin d'acier pâle avivait les couleurs. On supportait un pull dans le jardin mouillé d'odeurs, et j'apportais mon café chaud sur la table trempée. Je me levais très tôt. Tant bien que mal, j'avais repris la sagesse d'écrire : petits morceaux faciles écrits sans y penser, éclats minuscules d'été, groseilles et chemins d'eau. À travers les étés naissait le besoin sourd d'une parole de Garonne

J'allais moins au Bouscat, et plus au cimetière de Saint-Jean. La tombe toute simple de grand-mère regardait la vallée douce. Je m'asseyais sur le petit muret de pierres sèches, à la bouche ce goût d'une grappe de chasselas volée dans la vigne de Bomerio. Parfois j'en posais une sur la tombe. Marie ne devait pas aimer ces offrandes païennes, et je ne les retrouvais plus le lendemain.

Au loin, vers Saint-Nicolas, un grondement s'élevait certains soirs. On commençait la construction du barrage sur la Garonne, et cette rumeur sourde ne me disait rien qui vaille. On parlait de plan d'eau, de Labastide transformé en station de plaisance, et tous les commerçants se réjouissaient. Les bords de la Garonne allaient changer, et s'engloutir les rives où je pêchais près des silences de Marine. Faudrait-il voir passer sur la route de Camparol des touristes dépoitraillés et triomphants ? Grand-mère n'aurait pas aimé cette rumeur qui la suivait dans son jardin.

On voit passer les gens, et puis passer les choses, où l'on croyait tenir la vie des gens passés. Il me restait les mots, si difficiles au seuil de tant d'oubli, les mots qui se referment sur l'enfance, il ne reste que la chanson ; les mots ne disent rien que la chanson-douceur des choses qui s'en vont.

À Brétounel, à Camparol, à Gandalou, grand-mère a longé la Garonne et les mots chantent sur sa vie, noms de villages et noms de métairies. Sur les collines et les bois secs, la vie de grand-mère a chanté les noms légers. Brétounel, Camparol, Gandalou, la vie de ce temps-là inventait les couleurs, il ne reste que la chanson, Camparol, Gandalou, grand-mère quelque part dans la douceur des mots d'avant.

XXIV

Écouter grand-mère. Dans le silence retrouver sa vie. Les mois que je n'ai pas connus, quand les autres habitaient déjà la maison neuve, et que le temps s'amenuisait pour elle seule et les objets de sa maison... Je montais dans sa chambre, j'écrivais sur la dernière nappe de sa vie... J'entendais le silence.

J'entends...

C'est le poids du rideau de velours grège, embrassé, retenu ; il fait à la nappe brodée un long manteau de confidence empoussiérée. Dehors est gris-lumière de petit matin ; dedans est un miracle fauve et brun, et c'est toujours la lenteur de l'après-midi. Grand-mère a tourné le bouton du poste ; ils ne passent plus de pièces intéressantes. Le chemin clos de la pensée dans le silence. N'attendez pas la boîte à coudre et ses voiliers... Je n'étais pas entré pour le fané, l'autel des jours éteints.

Trois fleurs entrelacées au milieu de la nappe inventent un désir de jardin ; et le mauve pâli, et le vert incertain, sur l'écru empesé de la toile de lin, prennent le frais de l'aube et coulent la rosée. Trois gouttes sont tombées sur le parquet glacé. Ce n'était qu'un peu d'eau ; il en tombe parfois du vase-pot de confiture. Grand-mère dit tout haut :

— Ces anémones étaient vraiment fanées.

De l'eau, des fleurs coupées. Demain n'existe pas. Il y a des souvenirs et des chagrins, de l'eau, des fleurs coupées, et la rosée couleur de cinq heures de l'après-midi.

XXV

Bientôt ce serait la rentrée. Chaque matin, Marine partirait pour le collège de Moissac. Chaque matin d'hiver, elle prendrait à sept heures le car de ramassage devant la boulangerie. Tous les amis qu'elle ne s'était pas faits à l'école de Labastide seraient là, ou bien un peu plus loin, à la ferme des Bomerio. Disséminés dans toutes les sixièmes du collège, ils ne lui diraient rien, même pour se moquer... Et puis il y aurait ce chemin pour descendre au village dans la nuit, avec au bout des heures froides et puis l'ennui, des couloirs remontés, tout ce chahut dans les couloirs et les autres si loin...

Elle passait me prendre et nous partions sur la route de Camparol ou du vieux bac, à pied. Il avait plu, souvent, il faisait chaud et gris. Elle passait à l'heure où les après-midi d'ennui s'ouvrent sur une vague éternité mélancolique, et c'était d'elle à moi, mains dans les poches, un silence tout gris qui n'attendait plus rien de la Garonne. Le long des taillis nous nous arrêtions pour manger des mûres molles et fades, et d'autres encore un peu rouges et acides, que Marine préférait. Entre les peupliers s'ouvrait la route à musarder, la route des baignades et des balades à bicyclette, et sur l'ennui des couloirs de lycée me revenaient d'autres vacances. La route sentait bon les pluies chaudes d'été, les peupliers, la terre et le goudron. De temps en temps, presque à mi-voix et sans me regarder, Marine parlait d'elle. Des jugements sans rémission tombaient :

— J'en ai assez de ne pas être dans une famille comme les autres. On n'a toujours pas fait les courses pour ma rentrée.

Elle avait ce geste tout neuf de replacer d'un coup de tête une frange allongée.

— Moi, j'aime les crayons, les gommes, les cahiers neufs. Tu verras que pour la rentrée je serai une des seules à rien avoir de nouveau !

De doléances en aveux esquissés, Marine ouvrait pour moi l'envers d'un monde du Bouscat qui ne me plaisait guère.

— Tu sais, j'crois que j'aurais encore mieux aimé être interne. Au moins, comme ça, ils ne pourraient pas dire qu'ils font tout ce qu'ils peuvent.

Elle shootait dans un caillou, gardait pour elle des silences, et puis de pas en pas sa litanie patiente renaissait :

— Ils ne pensent qu'à eux. S'ils sont gais, il faut faire la fête, danser comme des cinglés, même si t'en as pas envie. Et s'ils ont le cafard, tu sais jamais pourquoi, mais t'es obligé d'être triste aussi.

J'imaginais les soirs d'hiver, là-haut, la solitude du Bouscat après la solitude de l'école, et ces mélancolies adultes qui donnaient le ton, et ces gaietés trop brusques étouffées par la nuit, l'espace, et le mensonge d'être ensemble. Marine installait ses bouquins dans la grande salle d'en bas, traînait sur ses problèmes en crayonnant des temples grecs. Hélène lisait des romans. Marine posait des questions, mais il n'y avait jamais d'histoire. Alexis écoutait des disques de piano qui sonnaient un peu grêle dans la profondeur du château. Parfois ils jouaient au Scrabble tous les trois — Hélène faisait équipe avec Marine, et lui laissait placer les mots, la tenait par l'épaule. Mais il y avait toujours trop de silence et trop d'espace, et lentement le feu s'amenuisait dans la cendreuse cheminée de marbre.

— Ce qui m'énerve le plus, c'est quand ta cousine vient avec son fiancé. Ils parlent fort, ils rient haut. Alexis parle de sa peinture avec des tas de gestes, et ton cousin André de politique. Hélène se prépare pendant des heures, les jours où ils doivent passer, et après elle ne dit presque rien de la soirée ! Moi quand je serai grande...

Quand Marine sera grande, elle n'aura pas d'amis comme ça, pas de famille comme ça. Elle partira peut-être, loin, on ne saura jamais. Il y aura d'ici là des cours bruyantes et des copies glacées, oh ! pas de temple grec, oh ! pas de rêve dans la marge. « N'oubliez pas la marge supplémentaire de deux carreaux ! » Toujours plus de blanc, plus d'ennui, toujours plus de silence. Et le mercredi, quelquefois, elle se fera consigner, exprès. Dans le désert d'une étude du mercredi, elle dessinera l'Ailleurs de Trabinia.

— Tu sais, j'aurais bien aimé la connaître, ta grand-mère ! Hélène, sa maman est morte quand elle avait quinze ans. Celle d'Alexis vit toujours, en Grèce, mais on n'y est jamais allés... Une grand-mère... C'est ça que j'aurais voulu, je crois. Quelqu'un de très doux avec un tablier à petites fleurs.

Moi j'étais là, je le savais, pour parler à Marine d'un monde doux à fleurs perdues qu'elle n'avait pas.

XXVI

Marine aurait voulu une rentrée couleur de cahiers neufs, odeur de propre et de cartable. Quand elle m'avait parlé de ces objets un peu magiques de septembre, j'avais soudain retrouvé ce désir des enfants : c'est la fin du mois d'août, on est un peu lassé de soleil, de baignades. Un jour il fait moins beau ; on va faire des courses en ville. Dans les magasins, une vie de classe et d'automne se prépare. Il reste quelques jours de liberté, et les objets scolaires ne sentent pas encore l'étude obligatoire, le cours où l'on s'ennuie. Gommes, crayons, cartouches bleu Floride, copies petits carreaux grand format perforées, ce sont des choses à tenir dans ses mains, à poser sur un coin de table, à regarder. Ça ne sent presque rien ; que viennent maintenant l'automne et les lampes allumées, dedans il fera bon. Ce sont des choses presque abstraites, des pages vides et de l'encre pour les remplir ; mais on les touche, elles passent dans vos mains, elles ne sentent rien, ou bien septembre à peine. Et puis c'est doux de finir soi-même, de décider un jour que l'été doit passer. On achète un classeur, on attend la rentrée. On domine le temps dans la marge d'un cahier blanc.

Sans le dire à Marine, je partis donc un jour à Montauban lui acheter quelques odeurs, quelques couleurs de rentrée. J'aurais bien pu me contenter de Valence ou Moissac, mais Montauban tenait une autre place dans mes souvenirs. C'est là que mes parents s'étaient connus, au temps de l'École normale ; là qu'ils avaient fait leurs premiers pas d'amoureux, dans les allées tranquilles du Jardin des plantes, à l'abri des regards. Quand on parlait de Montauban, à la maison, c'était toujours avec un sourire lointain, comme si ce seul nom avait cristallisé le charme d'Aquitaine et celui de l'adolescence.

La ville avait gardé pour moi ce charme. On en dégustait encore la première image rose en passant le Pont-Vieux sur le Tarn. Rose le soir ou le matin, plus orange sous le soleil de mi-journée. Du musée Ingres aux maisons les plus simples, c'était d'abord une couleur, couleur de brique mais bien plus couleur de sagesse discrète, couleur d'un soleil blond qui n'éclabousse pas, protège les bonheurs, caresse les mélancolies, et se change en lumière.

Ce fut un vrai plaisir de marcher à nouveau au hasard des ruelles, rue Fraîche, rue des Carmes, dans la lenteur de ce début d'après-midi. Partout le rose-orange de la brique, et les volets d'un crème pâle. Maisons de siestes devinées, avec des cours d'un vert profond dans l'entrebâillement des portes. Et puis la place Nationale et ses arcades. Elle n'avait pas changé. Je retrouvai la grâce florentine de cet endroit coupé du monde, avec sous les cornières des boutiques d'un autre temps, droguerie désuète, quincaillerie surannée, casseroles en cuivre, cafetières d'émail rouge — comme un goût de province au cœur moyen-âgeux de la ville arrêtée.

À la terrasse d'un café sous les cornières, je m'assois pour boire un peu la saveur de l'instant, cube de glace et grenadine. Les filles ont des jambes de pain d'épice, des robes longues sable, et des espadrilles lacées. Elles passent, le temps s'allonge à l'ombre des ruelles. Je les regarde et je les suis quelques instants. Fraîcheur, silence, grenadine à l'eau : les étés d'autrefois, les étés d'aujourd'hui sont des couleurs à l'ombre bleue des places. Ce sont des filles qui s'en vont sous le soleil, et puis l'ombre les prend, le mystère d'une autre vie.

Il faut laisser glisser entre deux eaux ces images penchées.

Je repartis sans hâte pour mes courses de rentrée. Je trouvai pour Marine un stylo-encre au capuchon orné d'un bateau d'autrefois, presque une trirème pour Mungane et Trabinia. Et puis des crayons doux, des gommes parfumées, un cahier à dessin... Une grande brassée d'ambiance de rentrée.

Voilà. Il ne me restait plus qu'à revenir vers Labastide. Je prolongeai un peu ma flânerie en descendant vers le Pont-Vieux. En passant devant le musée Ingres, l'envie me vint d'y pénétrer quelques instants — peut-être pour retrouver quelques tableaux de l'École de Montauban qui avaient su traduire ce rose-orange de la ville que mes mots rêvaient d'approcher sur une autre palette. Il y avait une exposition Folon. Je n'y prêtai pas attention. Comme toujours, je passai sans trop regarder les corps musculeux des statues de Bourdelle, les corps diaphanes et affalés des dessins d'Ingres. Non, je venais pour quelques toiles peu connues : coin de rue, maison d'été, du linge sèche à la fenêtre, lumière d'Aquitaine apprivoisée. Le musée Ingres était aussi une maison : salles aux plafonds bas, voûtés, aux murs de brique, et par les hautes fenêtres un joli coup d'œil sur le Tarn. De salle en salle je marchais, en regardant les murs et plus distraitement les toiles. Il y avait beaucoup de monde — la nouveauté sans doute de l'exposition Folon, inaugurée deux jours auparavant. J'entendais dans mon dos des récriements, des commentaires ostentatoires. Tout près de moi, une jeune femme à la voix suraiguë n'en finissait pas de disséquer ses états d'âme. J'attendis qu'elle fût partie, et à la fois furieux et intrigué vins me poster devant la toile qui suscitait tant de sensibilité offerte.

Il n'y eut pas de choc, pas de surprise, mais tout de suite j'oubliai la foule, et me sentis glisser dans un vertige plutôt agréable. Il me sembla que je ne m'arrêtais pas à quelques centimètres de la toile, mais continuais à avancer malgré moi. Dans mon dos, les bavardages s'estompaient peu à peu, se diluaient, élargissaient l'espace. À droite du tableau, une main amicale ouvrait pour moi un voile bleu d'opale. Derrière commençaient des collines très douces : un monde m'attendait. Je marchais lentement, remontais des collines d'un sable étrange qui ne s'enfonçait pas — ou bien c'était mon corps qui ne pesait plus, désormais. Un sourire involontaire me venait. Je ne pensais plus rien. Un grand vide m'attachait à l'espace ; je devenais ma marche, à chaque pas plus ample et lente, plus accordée à ce décor cotonneux et solide.

Combien de temps errai-je ainsi, avant de relever la tête ? Juste au-dessus de moi, dans un ciel rose et sable, une bulle dansait. Une bulle, une terre... Légère comme une bulle de savon, mais grave et chargée de souffrance, comme une planète habitée. À l'intérieur, une silhouette appelait, les bras au ciel, tendait sa tendresse étouffée au silence d'un regard. J'écoutai longtemps cet appel inutile.

Il y avait un regard, tout près, mais de l'autre côté. Là-bas tout était assourdi, plus ample, plus facile. Là-bas, tout près, de l'autre côté de la mort, de l'autre côté du papier. Comment avais-je pu d'abord longer les dessins de Folon sans pénétrer dans cet espace ? Il me semblait maintenant que tout s'engloutissait dans ce monde léger. Les cadres des tableaux s'effaçaient : plus d'intervalles, plus de frontières. Je ne regardais pas. Je marchais, je volais, dans une même paix si lente et accueillante.

Chaque tableau venait à moi dans une amicale évidence. Je n'étais pas surpris par les poissons volant dans l'air, par les oiseaux nageant dans l'eau. Nager dans le vert pâle de l'espace, c'était bien plus doux que voler ; pas de vertige et pas de solitude — seulement le plaisir, seulement la liberté. Voler dans l'eau, sous la caresse d'algues de velours, habiter d'une coulée si longue l'envers du monde.

Des ombres amies volaient, dans les champs de silence, frôlaient ma solitude, me caressaient d'une présence étrange : souvenirs sans paroles, âmes familières, prisonnières dociles d'une forme anonyme. Le corps lourd et l'esprit léger, ceux que j'avais aimés venaient bouger près de moi ; je pouvais presque les toucher, dans leur pardessus de béton, suivre un instant le long sillage de leur vol. Dans l'uniforme gris d'éternité, ces passants de l'oubli avaient perdu leur singularité, le parfum de leurs jours, le goût de leur essence ; ils se laissaient aller, se confondaient. En pardessus et en chapeau, un peu plus graves dans le jour opaque, ils dansaient pour toujours un ballet envoûtant comme un appel. Et je glissais de leur côté, rêvais de m'oublier, voulais me laisser faire.

Je sortis tard du musée Ingres. La foule était partie, le gardien m'attendait pour refermer la porte. Tout engourdi d'Ailleurs, je me retrouvai sur le trottoir, dans une solitude plus bruyante qu'il fallait appeler réalité.

Les ombres de Folon m'accompagnaient, tandis que je rentrais vers Labastide. Les silhouettes lourdes prenaient des visages précis.

Ceux que j'aimais volaient là-bas, tout près ; il n'y avait qu'un voile à soulever, et derrière un pays pour nager auprès d'eux dans le temps sage de l'absence. Au loin, très loin dans le désert de sable, un soleil attendait, un soleil orangé qui se mêlait en moi à la lumière d'Aquitaine.

XXVII

C'était déjà septembre, et dans les bois de Labastide les gens cherchaient des champignons. Il n'y avait pas de forêt, mais des taillis inextricables où l'on trouvait l'oronge, la girolle. L'oncle Paul y passait, dans le petit matin, avant de partir à l'usine, et je l'accompagnais parfois. Il faisait froid, sur le coup de sept heures, et l'oncle Paul savait rester le silencieux compagnon que j'attendais. Les bois frileux tout encharpés de brume me disaient le charme douloureux de ces débuts septembre que j'aimais. Rentrée des classes, champignons, raisins dorés sur la colline... Je m'habillais d'automne avec un pull trop chaud comme on précède en souriant le temps qui passe un peu trop vite.

À mots couverts, l'oncle Paul me parlait de la vente possible de la maison. De matin en matin, le projet devenait moins vague. Il me demandait mon avis, mais tout semblait déjà bien arrêté. D'ailleurs, M. Delmas avait une excellente réputation à Valence. Ce ne serait d'abord pour lui qu'une résidence secondaire. Il y passerait ensuite sa retraite, quand son fils serait en âge de reprendre le magasin de nouveautés. Avec eux, au moins, on n'avait pas à craindre la transformation de la maison...

Il fallait donc imaginer un étranger dans la fraîcheur du magnolia. Il n'y aurait plus d'été. Les autres ne nous volent pas les maisons, les jardins que nous aimons. Ils viennent, simplement, et c'est une autre vie, parce que la nôtre est devenue moins forte, et ce n'est pas un sacrilège. Rien ne sera plus comme avant, mais c'est encore un peu plus triste, car ces mots-là ne vivent qu'au présent.

Rien n'est plus comme avant.

Marine passe me voir à bicyclette. Ce sont les derniers jours de ses vacances. Ce sont mes derniers jours dans la maison. Elle m'emmène en souriant sur les chemins de mon enfance ; elle veut tout savoir de cette vie d'avant, se plonge avec délices dans les albums-photos qui lui font comme des souvenirs plus doux, une mémoire imaginaire en clichés parallèles. Elle fait semblant de jouer pour moi au jeu des ressemblances :

— Tu sais, tu as tout à fait les yeux du grand oncle Albert !

Mais je ne suis pas dupe. C'est elle qu'elle cherche, dans ces silhouettes démodées aux jupes trop courtes ou trop longues, ces pique-nique sous l'Occupation, la fraîcheur des chemises blanches. Elle se trouve dans ce vide mystérieux, cet intervalle d'une image à l'autre, qui fait du gros album de velours rouge un roman pour Marine, et des chagrins fanés pour moi.

Fanés. Bien sûr, le geste saisi de ceux qui ont quitté le monde — un peu gauches, devant la cathédrale de Reims, nageant avec entrain près de Biarritz — me tire encore des larmes. Le regret de leur vie prend la forme coup de poing de l'instantané. Imperturbable défilé des jours égaux, pérennité des atmosphères, c'est la chaîne sans problème d'un temps qui s'enfuit horizontalement ; à l'ombre de la page intercalaire de papier cristal, quatre coins transparents attendent les nouveaux maillons.

Ceux que j'aimais ne sont pas là ; ils sont restés sous le soleil et l'ombre des platanes, dans quelques noms légers qui ne poignent que moi, dans quelques traits que je raconte sans le dire dans des livres, le vrai le faux se mêlent, il ne me reste rien. Je parle à Marine du grand-père de Gandalou, qui jamais ne se fâchait — mais chacun filait doux devant ses ordres murmurés —, jamais ne s'épanchait... Il y a cette phrase, rapportant le propos d'un villageois, le jour de son enterrement : « Il manquera quelqu'un à Gandalou. »

Il y a cette belle coutume des poilus rescapés de Quatorze épousant la fiancée de leur frère tombé. L'un d'eux est « de chez moi » ; il revient, grave et serein, dans une ferme du Quercy ; j'entends le grincement d'une charrette, et l'âcre souvenir, dans le bonheur de la moisson.

Marine m'accompagne à bicyclette à la ferme de Brétounel, tout près de Labastide. La vallée s'y étire, à l'ombre du coteau ; au loin on aperçoit le château de Courville. La ferme abandonnée se perd dans ma mémoire ; je ne sais plus très bien ce qui était l'étable ou la maison. Il y a, comme au temps où maman aimait nous y conduire, une odeur acide d'oseille. Grand-mère a vécu là, très jeune ; elle lavait le linge à la Vivienne, qui coule encore ses quelques centimètres d'eau, tout près des murs ruinés. Marine s'y baigne les pieds, me crie de loin que l'eau est froide... Moi j'erre et je me perds. J'étais bien trop petit. J'aurais dû demander... Mais je pensais alors à l'heure du goûter, au papier bleu-argent du chocolat en bâtonnets, je pensais à Sylvie qui ne venait pas avec nous. Plus tard, j'ai dû penser à quelque fille de Lalande qui m'avait souri. Il n'y avait pas chez nous d'arbre généalogique, pour apaiser le temps d'avant comme une certitude. Quand le bonheur passait, c'était pour tout de bon...

Le temps d'avant s'arrête là, tu me pardonneras, grand-mère. Je ne sais rien de Brétounel, mais quelque chose a commencé sur ce nom-là, qui ressemble à ta vie ; tu te levais très tôt, sans doute tu aimais déjà les tabliers pastel. La vie d'alors était très rude et simple, et vous n'étiez que métayers. Un jour vous viendriez à Labastide, grand-père aurait des plantations de peupliers ; la vie serait un peu plus douce, un peu plus près de la Garonne, un peu plus lente quelquefois. Déjà j'invente un peu, et je me perds, tu me pardonnes. Il faut rester au creux des mots. Il y avait un champ de peupliers à Camparol, il y a toujours des peupliers. Il y avait à Brétounel... Je vois la pierre blanche et le coteau, j'invente ton bonheur et la fraîcheur de l'eau ; déjà une petite fille a couru dans le pré, j'entends ta voix : « Surtout, ne va pas à la Vivienne ! » J'entrouvre ton bonheur et l'oubli des hameaux ; la nuit des temps s'endort très douce à Brétounel.

XXVIII

J'entends Marine qui m'appelle, et c'est le dernier jour, qui se ressemble trop d'avance au seuil d'autres mélancolies... Le dernier jour qui ne viendra jamais, et les vacances oublient les jours, et puis voilà, c'est le dernier ; on est sur une plage à marée basse avec des barques échouées, des parasols qui se referment, et des affiches battent au mur d'un casino ; on est à Chamonix, il pleut, la vallée blanche au creux de soi s'endort ; on est de nulle part, on est soudain du temps qui passe et qui savait si bien...

On est à Labastide, on va dans le silence au bord de la Garonne, il y a le gris du ciel, le gris-argent des peupliers, et puis le fleuve gris. Au loin, le ronflement d'un tracteur vous poigne comme un jamais plus. On va s'asseoir au bord de l'eau, on se regarde un peu. On dit tu te souviens des ricochets ? On dit tu te souviens du rendez-vous de septembre ?

On s'était bien promis de se dire pourquoi le besoin de Garonne et des petits matins... Mais on ne dira rien, ou bien peut-être tu as vu comme l'eau a baissé, on pourrait presque traverser à pied, ça sent toujours la menthe...

On va se taire de nouveau, et le soir tombe un peu plus tôt. On va reprendre à crève-cœur la route des matins légers, le clocher sage se découpe au loin sur un village sans paroles. Des mariniers sur le canal s'en vont sans fin en Méditerranée, sans illusions vers l'Atlantique.

Demain ce sera la rentrée. Marine s'en ira vers l'ennui des couloirs, les mercredis glacés dans la cour du collège ; une autre vie va commencer — plus tard il y aura des battements de cœur, des sourires perdus, des soirs flânés dans les ruelles chaudes de Moissac, en attendant le car de ramassage.

Demain je partirai. Le temps des vacances est passé. Le temps du temps qui passe. Bientôt le barrage sera terminé ; il y aura un plan d'eau, à Labastide, et la Garonne aura cessé de me couler le temps d'été.

Hélène lentement allait se regarder commencer de finir, dans le brouillard d'hiver et puis sous le soleil d'été — au bout, dans l'immobilité, il y a comme une mort blanche. Sylvie avait cessé de croire aux chemins creux ; loin des silences de grand-mère, elle allait perdre le langage des collines. Elle partirait pour une ville-capitale d'avenir glacé.

Marine en me quittant m'a laissé un cadeau. Dans un cylindre de carton vieux rose, il y avait l'Ailleurs de Trabinia.

Je pense aux couloirs de l'ennui, aux classes mortes des collèges. Je regarde les temples gris, les batailles navales, et sur les dessins sages montent en moi des chemins de poussière et la fraîcheur des tabliers. Personne ne dessinera l'histoire de Rouget de Lisle.

Demain je partirai pour un voyage exsangue d'autoroute à contre-enfance... Paris me reprendra. Je connaîtrai le bleu du soir et puis des jours étroits...

XXIX

Grand-mère est restée là, dans l'oubli des collines et la lenteur du temps. Sa voix se mêle aux heures grises des collèges, et tout se croise en moi.

De visage en village, les routes de l'été ont filé, danse légère. Mes rêves-souvenirs ont gardé le goût de l'été immobile, de l'eau claire à la fontaine des villages. Camparol, Gandalou, les mots douceur Garonne ont coulé lentement sur moi. Douceur Garonne, ovale usé des galets plats. Le temps s'attarde grenadine, s'efface menthe à l'eau ; l'aquarelle des mots s'endort au creux des places. Les mots s'attardent et puis l'enfance, et la fraîcheur des magnolias. Grand-mère est restée là, dans la lenteur ovale, aquarelle du souvenir, chemins bleus de l'enfance. Dans un jardin abandonné je vais prendre sa main qui mène à l'heure du goûter, par l'ombre et le soleil étales des vacances...

DU MÊME AUTEUR

Aux Éditions Gallimard

LA PREMIÈRE GORGÉE DE BIÈRE ET AUTRES PLAISIRS MINUSCULES (prix Grandgousier 1997), (collection l'Arpenteur)

LA SIESTE ASSASSINÉE (collection l'Arpenteur)

LA BULLE DE TIEPOLO (collection Blanche)

DICKENS, BARBE À PAPA ET AUTRES NOURRITURES DÉLECTABLES (collection l'Arpenteur)

Gallimard Jeunesse

ELLE S'APPELAIT MARINE (Folio junior n° 901). Illustrations in-texte de Martine Delerm. Couverture illustrée par Georges Lemoine.

EN PLEINE LUCARNE (Folio junior n° 1215). Illustrations de Jean-Claude Götting.

Dans la collection Écoutez lire

LA PREMIÈRE GORGÉE DE BIÈRE ET AUTRES PLAISIRS MINUSCULES (2 CD)

DICKENS, BARBE À PAPA ET AUTRES NOURRITURES DÉLECTABLES (1 CD)

Aux Éditions du Mercure de France

IL AVAIT PLU TOUT LE DIMANCHE (Folio n° 3309)

MONSIEUR SPITZWEIG S'ÉCHAPPE (Petit Mercure)

Aux Éditions du Rocher

ENREGISTREMENTS PIRATES

LA CINQUIÈME SAISON (Folio n° 3286)

UN ÉTÉ POUR MÉMOIRE (Folio n° 4132)
LE BONHEUR. TABLEAUX ET BAVARDAGES
LE BUVEUR DE TEMPS (Folio n° 4073)
LE MIROIR DE MA MÈRE, en collaboration avec Marthe Delerm (Folio n° 4246)
AUTUMN (prix Alain-Fournier 1990), (Folio n° 3166)
LES AMOUREUX DE L'HÔTEL DE VILLE (Folio n° 3976)
MISTER MOUSE OU LA MÉTAPHYSIQUE DU TERRIER (Folio n° 3470)
L'ENVOL
SUNDBORN OU LES JOURS DE LUMIÈRE (prix des Libraires 1997 et prix national des Bibliothécaires 1997), (Folio n° 3041)
PANIER DE FRUITS
LE PORTIQUE (Folio n° 3761)

Aux Éditions Milan

C'EST BIEN
C'EST TOUJOURS BIEN

Aux Éditions Stock

LES CHEMINS NOUS INVENTENT

Aux Éditions Champ Vallon

ROUEN (collection «Des villes»)

Aux Éditions Flohic

INTÉRIEUR (collection «Musées secrets»)

Aux Éditions Magnard Jeunesse
SORTILÈGE AU MUSÉUM
LA MALÉDICTION DES RUINES
LES GLACES DU CHIMBAROZO

Aux Éditions Fayard
PARIS L'INSTANT

Aux Éditions du Seuil
FRAGILES. Aquarelles de Martine Delerm

Aux Éditions du Serpent à Plumes
QUIPROQUO (Motifs n° 223)

*Composition Nord Compo
Impression Novoprint
à Barcelone, le 12 mai 2006
Dépôt légal : mai 2006
Premier dépôt légal dans la collection : décembre 2004*

ISBN 2-07-030509-0./Imprimé en Espagne.

144534